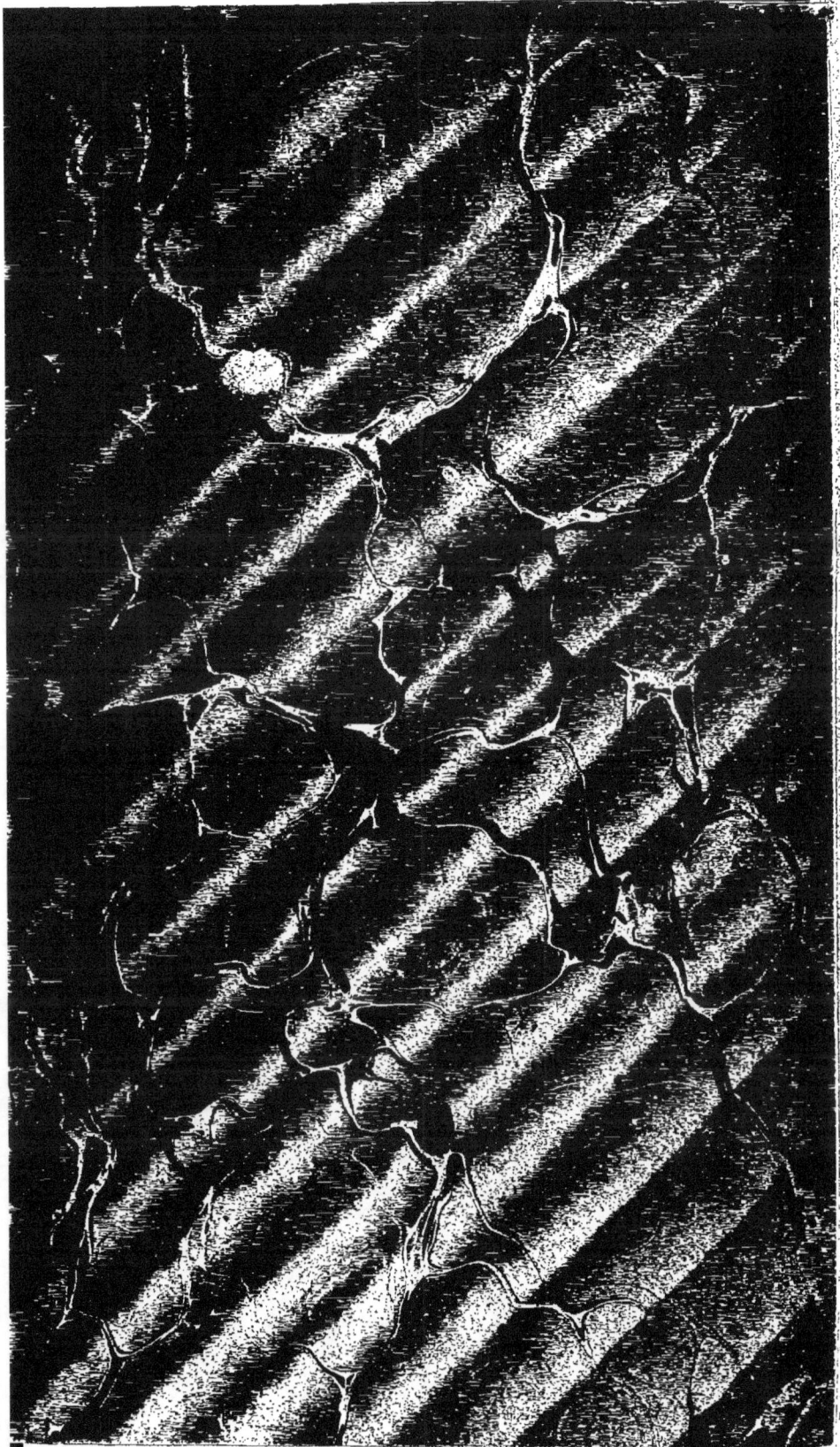

A TRAVERS CHAMPS

AUTOUR D'UN PHARE

PAR

HENRY GRÉVILLE

PARIS

E. PLON et Cie, IMPRIMEURS-ÉDITEURS

RUE GARANCIÈRE, 10

1877

A TRAVERS CHAMPS

Ce volume a été déposé au ministère de l'intérieur (section de la librairie) en février 1877.

PARIS. TYPOGRAPHIE DE E. PLON ET Cⁱᵉ, RUE GARANCIÈRE, 8.

A TRAVERS CHAMPS

AUTOUR D'UN PHARE

PAR

HENRY GRÉVILLE

PARIS

E. PLON et Cⁱᵉ, IMPRIMEURS-ÉDITEURS

10, RUE GARANCIÈRE

1877

A TRAVERS CHAMPS

I

C'était à l'heure où les troupeaux rentrent du pâturage; les vaches paresseuses et les petits veaux inquiets s'en revenaient lentement à la ville, au milieu d'un nuage de poussière dorée.

Tant qu'elle roula dans les rues de Koz-lychkine, la petite calèche qui venait de quitter l'auberge principale n'eut pas de peine

à fendre le courant animé qui venait à sa rencontre; mais, lorsque les maisons de la grande
rue se firent plus rares, le cocher éprouva
quelque difficulté à guider ses trois chevaux
indociles au milieu de ce flot de bétail lourd et
patient.

Les vaches s'arrêtaient devant la porte de
leurs demeures, et, poussant des beugle-
ments plaintifs, appelaient leurs compagnes
retardataires avant de franchir le seuil de
l'étable; pour peu que deux ou trois de ces
lentes créatures se fussent réunies sur un point
de la voie, le passage était totalement obstrué
par le reste du troupeau que hâtaient les bou-
viers armés de longs cornets au son strident,
semblables à ces trompettes du jugement dernier qu'on voit dans les anciens tableaux.

De temps à autre une centaine de moutons
passaient sur les contre-allées, le long des maisons, courant comme pris de panique, se cul-
butant, roulant dans le fossé, puis s'arrêtaient
sans motif et reprenaient leur course folle pour
se précipiter, tête baissée, les uns sur les

autres, sous la porte étroite et basse de leur bergerie.

Les petits enfants couraient pieds nus et les excitaient de la voix; les chiens affairés, sérieux, aboyaient à droite et à gauche; les bergers criaient à tue-tête, et parfois une vache pensive s'arrêtait au milieu de la route, la tête levée, aspirant l'air.

Par-dessus ce tumulte, un beau rayon de soleil presque horizontal arrivait par la large route enserrée dans les bois déjà sombres, et, au milieu de cette poussière lumineuse, des myriades d'insectes, ivres, éblouis, dansaient et bruissaient.

— Nous n'arriverons jamais, dit le cocher à son maître en s'arrêtant au plus épais de la mêlée.

— Eh bien! attendons, répondit celui-ci d'un air de bonne humeur; quand tout cela sera rentré, la route nous appartiendra tout entière.

Le cocher hocha la tête avec cette expression particulière aux serviteurs russes qui n'o-

sent contredire leur maître, mais qui trouvent
sa conduite fort peu raisonnable; il eût voulu
désobéir, du reste, qu'il n'aurait pu le faire
sans écraser quelqu'un; il réunit les rênes dans
ses deux mains et calma de la voix ses chevaux
impatients qui sentaient tout là-bas, au bout
de la route, la fraîche litière qui les attendait
dans leur écurie.

Le propriétaire de la calèche s'accouda sur
le tablier, et, légèrement incliné en avant avec
un sourire de mélancolique bienveillance, il
regarda passer la masse tumultueuse. Il se rappelait que dans son enfance, le retour des
troupeaux était pour lui le signal de la liberté.

Dès que le nuage poudreux s'élevait au haut
de la colline voisine, son gouverneur perdait
sur lui ses droits de pédagogue, le petit garçon
délivré courait au-devant des chevaux, toujours les premiers à revenir, et, saisissant par
les crins son petit cheval russe, il s'élançait
avec lui sur la route, faisant mille fantastiques
exercices d'équitation, aux cris d'effroi de sa
vieille bonne qui le regardait par la fenêtre.

C'est à cela et à beaucoup d'autres choses encore que pensait M. Souratine en regardant passer les taureaux trapus et farouches qui rentraient les derniers sous bonne garde.

—Va maintenant! dit-il au cocher, qui deux ou trois fois déjà avait tourné la tête de son côté pour l'interroger du regard.

La calèche s'ébranla doucement, les chevaux frissonnèrent de plaisir sous leur harnais doré et partirent en éventail, celui du milieu au trot, pendant que les deux chevaux de volée galopaient en inclinant leurs jolies têtes fines presque jusqu'au sol attiédi.

La poussière s'était un peu reposée, il n'en restait plus de suspendu dans l'air que ce qu'il fallait pour estomper doucement les lignes sévères de la forêt qui bordait la route des deux côtés, à quelques dizaines de toises.

On était aux derniers jours de mai, les tiges renaissantes des bouleaux et des peupliers coupés le long du fossé avaient des tons d'une fraîcheur exquise; les petites feuilles, à peine déroulées, exhalaient un arome péné-

trant; les fleurs de mai, si tendr. et si fugaces
en Russie, diapraient cette longue pelouse,
toujours semblable et toujours nouvelle tant
que durait la forêt; la chaleur du soleil semblait y avoir laissé une couleur chaude, tandis
que sous les voûtes noires des sapins hauts et
graves, serrés les uns contre les autres, l'obscurité régnait déjà, presque bleue à force d'être
épaisse. M. Souratine, accoudé dans le coin
de la calèche, regardait défiler les sombres
sapins, majestueux comme un cortége du
moyen âge sous leur ample vêtement de branches traînantes.

La route était déserte; à peine de temps en
temps rencontrait-on un chariot attardé, ou
un pèlerin courbé sous son bissac et portant
ses bottes sur l'épaule au bout d'un bâton, de
peur de les user.

Tout à coup une forme svelte, élégante, se
dessina sur le ruban grisâtre de la route; c'é-
tait un jeune homme, un homme du monde,
qui venait à pied comme un simple mortel, en
sens inverse de la calèche. M. Souratine ne

put retenir un geste d'étonnement; à quatre verstes d'une ville de district, de telles rencontres sont rares en Russie, où le plus souvent les hommes du monde, semblables aux idoles de l'Écriture, « ont des pieds, mais ne marchent point ».

Pour mieux voir le visage de cet être extraordinaire, M. Souratine se pencha un peu en avant, et deux exclamations partirent en même temps.

— Souratine!

— Orianof!

En serviteur bien appris, le cocher arrêta immédiatement ses chevaux.

— Je vous croyais à Pétersbourg, dit Souratine en tendant la main au promeneur.

— J'y étais encore il y a trois jours, répondit celui-ci avec un charmant sourire qui éclaira ses traits un peu sévères. J'ai obtenu un congé et je vais chez moi pour y passer l'été.

— Voilà une heureuse chance, s'écria Souratine; il faudra que vous soyez chez nous plus souvent qu'à Orianova. Que ferez-vous là tout seul? Est-ce que vous y êtes attendu ?

— Non; j'avais compté sur les lenteurs de l'administration, et, contre mon attente, j'ai obtenu mon congé très-vite, de sorte que je n'ai pas eu le temps de prévenir. Ce matin, aussitôt arrivé à Kozlychkine, j'ai envoyé demander des chevaux, qui sont probablement déjà à l'auberge.

— Vous aller retourner à la ville à pied ? D'où venez-vous ainsi?

— Je m'ennuyais, j'ai été faire un tour de promenade et je me suis attardé. Il faut bien rentrer à pied, ajouta Orianof en riant; ce n'est pas bien loin, et mon gouverneur français m'a appris à ne pas redouter les longues courses.

— Une idée! reprit Souratine. Rien ne prouve que vos chevaux soient arrivés et que vous ne soyez pas obligé de passer la nuit à Kozlychkine,— un canapé plein d'insectes, et des nappes sales en guise de draps, vous savez. Au lieu d'en courir les risques, venez passer quelques jours chez moi, ma femme sera enchantée de vous voir...

— Mais, si brusquement...

— Tant mieux! Une surprise, une vraie surprise, c'est toujours charmant, quand c'est agréable, bien entendu.

— Et mes chevaux? Que vont-ils devenir à Kozlychkine? On va me croire perdu, on fera des recherches dans le pays...

Un paysan passait en ce moment et regardait avec curiosité ce beau monsieur arrêté sur la route.

— On dira que vous m'avez assassiné, ajouta-t-il en riant.

— Il y a moyen de tout arranger, répondit Souratine. . Écoute, Grégoire, dit-il à son cocher, tu vas t'en retourner à la ville, tu diras à l'auberge... A quelle auberge vous êtes-vous arrêté?

— Au Poisson d'Or.

— ...Tu diras au Poisson d'Or qu'on renvoie les équipages de Maxime Ivanovitch à Oria-

1.

nova, qu'il vient chez nous, et qu'il y restera quinze jours.

— Quinze jours, permettez...

— Si vous dites un mot, ce sera trois semaines... Toi, continua t-il en s'adressant au cocher, tu reviendras demain avec le chariot qui apportera les provisions. Donne-moi les rênes.

Grégoire, obéissant, remit les rênes à Souratine, qui s'installa à sa place; il sauta à bas de son siége, releva dans sa ceinture sa grande robe de cocher et se mit en route après avoir dit :

— Rien de plus?

— Rien de plus, répondit Souratine. Allons, Maxime Ivanovitch.

— Alors, Grégoire, rapporte-moi ma valise, cria Orianof.

Le cocher se retourna pour répondre :

— J'entends, monsieur.

— Eh bien! que faites-vous? demanda Souratine en voyant Orianof escalader le siége pour se placer auprès de lui.

— Vous croyez que je vais me faire voiturer dans la calèche pendant que vous conduirez? Non pas! d'ici je verrai bien mieux le paysage. A la grâce de Dieu!

La troïka reprit son vol comme pour rattraper le soleil qui venait de disparaître derrière la pente de la route.

II

La forêt s'arrêtait là. Une large vallée, profonde pour le pays, lit d'un ancien fleuve aux jours du déluge, se creusait au pied de la descente : le torrent n'était plus guère qu'un large ruisseau, encaissé entre des rives sablonneuses, qu'il remplissait lors de la fonte des neiges. Quelques villages, avec leurs blancs clochers à toiture verte, marquaient le cours de l'eau bordée de grasses prairies inondées au printemps; la nappe limpide courait sur un sable fin et grenu. Sans plus de cérémonie, la calèche y entra jusqu'à mi-roue d'abord, puis un peu plus.

— Je vais faire prendre un bain aux paquets de ma femme, dit Souratine; voyez-vous le gué, Maxime Ivanovitch?

— A gauche, répondit celui-ci.

En effet, le sol s'exhaussa rapidement, et le léger équipage, sorti des ondes comme un monstre marin, gravit au galop la pente opposée.

Les deux hommes étaient amis depuis longtemps, malgré la différence de leur âge. Leurs caractères n'avaient point la moindre ressemblance non plus, et pourtant ils s'entendaient parfaitement.

Bien qu'il n'eût guère plus de quarante ans, Souratine avait des cheveux gris; c'était un de ces rêveurs qui ont beaucoup vu, pas mal souffert, lutté un peu — pas beaucoup, — et qui de leurs épreuves ont retiré une sorte de résignation placide, une mélancolie dénuée d'amertume. En voyant des gens heureux, il se

disait : « La vie est facile pour ceux-là. Tant
mieux! » En voyant souffrir les autres, il pensait : « Moi aussi, j'ai souffert, j'ai résisté à
mes chagrins, aidons-les à résister aux leurs. »
Et il mettait au service de tous ce qu'il possé-
dait de ressources morales et matérielles; mais
il n'aurait pas fallu lui demander l'action,
l'énergie de la lutte; cela dépassait ses moyens.

Maxime Orianof, au contraire, était plein
de verdeur et de sève, actif, résolu, enthou-
siaste même, non pour la poésie pure, mais
pour la poésie de la science et du labeur. In-
tolérant d'ailleurs, comme on l'est à vingt-
quatre ans, il s'indignait que les hommes ne
fussent pas devenus parfaits tout de suite,
puisqu'on leur en avait enseigné le moyen.
Par une inconséquence toute naturelle, il était
loin d'être parfait lui-même, Dieu merci! —
rien d'insupportable comme les gens parfaits;
— et quand Souratine lui prouvait jusqu'à
l'évidence qu'il faisait vingt fois par jour ce
qu'il avait blâmé dans les autres, il répondait :
« Fais ce que je dis et non ce que je fais. »

Il ne faudrait pas conclure de là qu'Orianof fût un moraliste bien rigoureux : sa sévérité se dépensait principalement en paroles. Quand les deux amis se rencontraient, leurs causeries étaient intarissables, et, quand après deux heures de discussion ils se retrouvaient à leur point de départ, Orianof se mettait à rire, pendant que Souratine, avec son sourire mélancolique et doux, lui disait : « Allons, allons, le seul bien réel, c'est pourtant d'être un peu aimé pendant qu'on vit, un peu regretté quand on ne vit plus. »

Pour être aimé et pleuré, quelques années auparavant Souratine s'était marié, ce qui n'est pas toujours un si mauvais calcul; et il avait réussi à se faire tendrement aimer de sa femme. L'affection qu'elle éprouvait pour lui ne réalisait peut-être pas le type de l'amour vrai, mais Souratine était si bon dans la vie d'intérieur, si noble dans ses actions, si beau encore sous sa couronne de cheveux gris, que sa femme avait cru faire, en l'épousant, un mariage d'amour. Elle s'était trompée, — pas de beaucoup, il est vrai, — mais elle ne s'était jamais aperçue de son erreur, de sorte que les deux époux vivaient heureux, sans se demander si d'autres l'étaient plus ou moins qu'eux, ce qui est une des conditions essentielles du bonheur.

Pendant que les deux amis causaient, la troïka les emportait toujours à travers les collines boisées et les ravins sablonneux; au détour d'un village, un paysage féerique s'offrit à leurs yeux.

Un grand cours d'eau, rivière navigable cette fois, coulait dans un lit encaissé. Plusieurs de ces barques vides qui remontent les fleuves au printemps pour aller prendre un chargement de foin ou de blé étaient amarrées à des piquets enfoncés dans le sol. Les mariniers, descendus à terre pour y préparer le repas du soir, s'agitaient autour des grands feux qu'ils avaient allumés; les fumées bleuâtres s'élevaient dans l'air tranquille, rafraîchi par la rosée tombante. Le ciel était à peine assombri; quelques pâles étoiles se montraient au zénith;

le couchant était rose encore, mais d'une nuance qui se fondait insensiblement dans le gris en approchant de l'extrême horizon.

Souratine arrêta ses chevaux au sommet du talus, et les deux hommes, silencieux, regardèrent le paysage. Suivant le fil de l'eau, une barque attardée passa lentement; le cri de salut : « Avec l'aide de Dieu! » retentit deux fois, échangé entre ceux qui se reposaient à terre et ceux qui voyageaient encore.

— C'est la patrie! murmura Souratine.

Orianof ne répondit pas, mais il ressentit une émotion profonde. Par principe, toutefois, il prit un air indifférent.

III

Les chevaux reprirent leur course; ils n'étaient guère qu'aux deux tiers de la route. Vers dix heures et demie, la lune se leva démesurée, au milieu des vapeurs de l'horizon; à mesure qu'elle montait, sa clarté s'épurait, et, une demi-heure plus tard, elle rayonnait dans son plein sur les bois, sur les villages baignés de rosée. L'atmosphère était imprégnée de cette senteur pénétrante de la terre qui s'ouvre et qui s'est réchauffée pendant le jour.

— Nous n'arriverons pas avant onze heures, dit Souratine; j'espère que ma femme ne m'attend plus.

— Je suis bien sûr que si, répondit Orianof. Je suis désolé d'être la cause de son inquiétude. C'est pour moi que vous vous êtes mis en retard.

— Du tout; c'est pour les vaches et les moutons de Kozlychkine. Je n'ai jamais eu le courage de traverser de force un troupeau qui rentrait au bercail; le bien-être des animaux est respectable tout comme celui des hommes.

Orianof fit un signe d'acquiescement et reprit au bout d'un instant :

— Tatiana Pétrovna se porte-t-elle bien ?

— Ma femme? Oui, Dieu merci! Elle m'a un

peu inquiété ce printemps; elle pâlissait, elle ne mangeait plus... mais avec les beaux jours la santé lui est revenue. Elle n'est jamais très-rose pourtant, vous savez.

— Il y a presque deux ans que je n'ai eu le plaisir de la voir.

— Vous ne la trouverez pas beaucoup chan-gée.

— De vingt-quatre à vingt-six ans, ce serait bien surprenant, répondit Orianof.

Souratine sourit, et un air de contentement paisible se répandit sur ses traits; il secoua les rênes, et les chevaux pressèrent leur allure. Ils gravirent sans sourciller une montée abrupte, au milieu d'un petit bois de sapins, et s'arrê-tèrent un instant pour souffler au haut de la colline.

— Comment! nous voilà arrivés? dit Oria-nof surpris. Je ne connaissais pas cette route.

— Je l'ai fait ouvrir l'été dernier, répondit le propriétaire. La descente est un peu roide, mais le coup d'œil dédommage.

Sur la colline opposée, dont un ravin étroit

et profond séparait les voyageurs, s'élevait la
demeure de Souratine, toute baignée en ce
moment par les rayons de la lune. Les aulnes
et les bouleaux remplissaient d'une masse
obscure le ravin où bruissait un ruisseau,
mince filet bavard que la lune semait par
éclaircies de paillettes d'argent. L'odeur de la
menthe sauvage montait avec la fraîcheur de
l'eau. Les cimes des arbres arrivaient à peine
au bas d'une terrasse étroite qui bordait
l'abîme; c'est là que le parterre endormi étalait ses plates-bandes aux couleurs presque
distinctes, sous l'abondante clarté qui semblait
les pénétrer.

La maison, peu élevée et d'une forme
simple, était entourée d'une large véranda couverte et tendue de rideaux blancs bordés d'un
galon. Des pilastres de bois grisâtre soute-
naient la galerie, revêtus de plantes grimpantes
qui laissaient courir leurs festons sur la blancheur des toiles où ils se détachaient en noir.
Tout dormait; on eût dit un palais abandonné
par les fées.

Les chevaux descendaient avec précaution dans l'obscurité du ravin. Parfois une source jaillissait sous les herbes, traversait la route qu'elle marquait d'une rayure argentine, et s'en allait avec un bruit modeste rejoindre le ruisseau ; un rossignol à moitié endormi lançait de temps en temps une phrase isolée, et la calèche roulait sans bruit dans le sable humide. Tout était si doux, si calme, si frais, qu'on avait envie de parler bas pour ne pas réveiller la nature endormie.

— Vous avez fait rebâtir la maison? dit Orianof.

— Mais non, répondit Souratine, c'est toujours la même.

— Que lui avez-vous fait, alors ? Elle est vingt fois plus jolie qu'autrefois.

— C'est une idée de ma femme. Elle a fait enlever ce vilain toit de planches qui couvrait le balcon et nous masquait le jour; elle a mis à la place une douzaine de pièces de toile bise, elle a planté des haricots d'Espagne; vous avez vu l'effet : la cause est prosaïque.

— C'est la poésie de la prose au clair de lune, dit Orianof au moment où la calèche passait, guidée avec précaution, sous une porte étroite. En fait de prose, vous n'avez pas élargi votre porte ; quelqu'un s'y cassera le cou un jour ou l'autre.

— C'est alors qu'on la fera élargir, répondit Souratine, et elle en a grand besoin, car elle est toute vermoulue. Faites-m'y penser demain ; il y a dix ans que je me dis cela deux ou trois fois par semaine et je l'oublie aussitôt.

La calèche s'arrêta devant un petit perron couvert et tendu de toile, comme le balcon, où brûlait une lampe. Un cocher et un domestique accoururent au bruit des roues ; l'un prit en main les chevaux couverts de sueur, en les calmant du geste et de la voix ; l'autre, après avoir salué son maître d'un air joyeux, s'empressa de débarrasser la calèche des innombrables paquets qu'elle contenait. Un gros chien, qui s'était bien gardé d'aboyer, vint fourrer son museau dans la main de Souratine ; dans cette maison, bêtes et gens se trouvaient bien, et le retour du maître faisait plaisir à tout le monde. Souratine caressa le chien, qui s'en alla d'un air affairé s'assurer que nul malfaiteur n'avait profité de sa négligence momentanée pour approcher les clôtures de trop près.

— Tatiana Pétrovna dort-elle? demanda Souratine en entrant dans la maison.

— Je ne sais pas, monsieur. Madame s'est retirée chez elle il y a une demi-heure. Le samovar est prêt et le souper servi.

IV

Suivi de Maxime, Souratine entra dans une grande pièce pleine de verdure et de parfums ; des massifs d'arbustes garnissaient les coins ; des corbeilles de fleurs étaient posées sur l'appui de toutes les fenêtres ; une lampe de porcelaine suspendue au plafond jetait une lueur tendre et délicate sur la table couverte de linge finement damassé et parsemé d'argenterie. Ce n'était pas le luxe, mais quelque chose de mieux : le sentiment artistique appliqué au bien-être.

La lampe n'éclairait nettement que la table ; tout le reste de la pièce, assombri d'ailleurs par les arbustes, était plongé dans une demi-obscurité. La porte s'ouvrit, et madame Souratine entra en se frottant les yeux avec un geste enfantin.

Elle était grande et mince, pas trop mince, mais bien proportionnée ; ses cheveux bruns pendaient en deux lourdes tresses sur ses épaules ; elle portait une longue jupe blanche et un grand peignoir, avec des garnitures flottantes, moelleuses à l'œil et au toucher. La jeune femme traversa vivement la salle en clignant un peu des yeux, blessée par l'éclat de la lumière au sortir d'un appartement obscur, et, encore à demi endormie, elle passa ses bras autour du cou de son mari, qui l'embrassa tendrement au front.

— Tu m'attendais, Tania? lui dit-il en la guidant vers la table.

— Oui et non, répondit-elle en souriant et en s'abritant les yeux de la main; je m'étais endormie au clair de lune, sur le canapé. Comme tu reviens tard, mon ami! il ne t'est rien arrivé?

— Rien de fâcheux au moins; je t'ai amené un hôte, quelqu'un que nous aimons bien.

— Un hôte? fit-elle surprise. Où donc?

— Là, reprit son mari en indiquant le coin. près de la porte où Maxime s'était rangé, assez embarrassé de sa personne.

— Oh! trahison! moi qui ne suis pas habil-lée! fit Tatiana en courant à travers la salle jusqu'à la porte du salon, qu'elle ouvrit et referma sur elle.

— Laisse donc, tu es très-bien comme cela, lui cria son mari.

La porte s'ouvrit un peu et laissa passer la tête souriante de madame Souratine.

— Un hôte que nous aimons bien, dit-elle; comment l'appelles-tu?

— Maxime Ivanovitch Orianof, dit le jeune homme en s'avançant et en saluant avec déférence la porte du salon. Je suis désolé, madame, de vous déranger à cette heure indue.

— Vous avez très-bien fait de venir et vous ne me dérangez pas du tout. Asseyez-vous là et faites le thé, — si vous le pouvez. Mais vous êtes un homme pratique, vous le pourrez. Je reviens à l'instant.

La jolie tête disparut, la porte se referma, et, cinq minutes après, madame Souratine rentra, vêtue d'une longue robe de chambre en cachemire bleu, les cheveux relevés dans un bonnet de dentelles, aussi tranquille, aussi bien mise que si elle eût reçu une visite à l'heure ordinaire du déjeuner.

— Soyez le bienvenu, Maxime Ivanovitch, dit-elle en tendant la main à son visiteur. N'avez-vous pas honte d'être resté si longtemps sans venir nous voir?

— J'ai passé un an en mission à l'étranger, madame, et le reste du temps à Pétersbourg pour mon service.

2

— Et vous vous trouvez parfaitement dis
culpé pour m'avoir dit cela, n'est-ce pas? répliqua madame Souratine en remplissant une
théière d'argent; cela ne vous excuse pas le
moins du monde.

— Mais puisque j'étais absent!

— Il fallait venir exprès, continua-t-elle
d'un air sérieux, tout en servant les deux
voyageurs affamés. N'est-ce pas, Élie?

— Certainement! répondit son mari, qui
mangeait avec activité.

— Ne vous gênez pas, Maxime Ivanovitch,
mettez les morceaux doubles, je vous promets
de ne pas tourner la tête de votre côté; je
regarderai manger mon mari, cela ne lui fera
pas perdre un coup de dent; on a le droit
d'avoir faim après une aussi longue course.
Élie, où as-tu trouvé M. Orianof?

— Sur la grande route.

Et il raconta à sa femme comment il avait
fait la rencontre du jeune homme.

— C'est très-bien cela, répondit Tatiana

Pétrovna. Maintenant, monsieur, vous êtes
notre prisonnier.

— Où vas-tu le loger, ce prisonnier ? Il doit
avoir envie de dormir, après cette journée de
marche et de voyage.

— D'autant plus que j'ai passé la nuit dernière en chemin de fer, ajouta Orianof.

— Tant mieux ! répondit madame Souratine ; j'aime les gens qui mangent et dorment
bien ; cela prouve qu'ils ont la conscience pure.
Quelle chambre faut-il vous donner ?

— Le premier coin venu, pourvu qu'il y ait
une pierre où reposer ma tête.

— Si vous tenez aux pierres, on pourra en
apporter ; mais je ne crois pas qu'il y en ait
dans l'appartement que je vous destine. Que
diriez-vous de la pièce du coin ?

— Oh ! s'écria Orianof, la chambre de mes
rêves, grise et bleue, avec une fenêtre au soleil
couchant !

— Précisément ! Avouez que vous ne la
méritez pas.

— Je m'en sens indigne.

— Eh bien! on va vous y conduire, car vous n'y voyez plus que de la moitié d'un œil, le reste dort déjà. Bonsoir, notre hôte!

Elle lui tendit une main ferme et délicate à la fois; il y posa respectueusement ses lèvres. Souratine le conduisit dans l'appartement qu'on lui avait destiné, et, dix minutes après, Orianof dormait comme les Sept Dormants.

V

Le lendemain matin, il s'éveilla avec des idées un peu confuses; en voyant des arbres devant sa fenêtre, il ne savait plus bien où il se trouvait; le sifflement modulé d'un paysan qui faisait boire son cheval dans le ravin lui rappela qu'il avait quitté la ville; en un clin d'œil il fut debout et ouvrit la fenêtre, qui laissa entrer un torrent d'air tiède et parfumé. Souratine, qui se promenait dans le parterre, leva la tête au bruit, et lui fit un signe amical.

— Tania, cria-t-il à sa femme, notre hôte est réveillé.

Celle-ci mit la tête à la fenêtre de la salle à manger pour répondre à son mari. Orianof entendait sa voix, mais la disposition de la maison ne lui permettait pas de la voir.

— Cela prouve au moins qu'il n'est pas mort, répondit-elle avec un grand sérieux. Je pensais déjà à envoyer prévenir les autorités pour enfoncer la porte.

— Ai-je dormi si longtemps, madame? cria Orianof à son tour.

— Regardez votre montre.

Il courut à sa table, où il avait déposé sa montre la veille au soir.

— Arrêtée! dit-il en se remettant à la fenêtre. J'ai oublié de la remonter. Quelle heure est-il?

— Onze heures! répondit madame Souratine avec une satisfaction pleine de malice.

Maxime se retira de la fenêtre comme s'il

2.

avait reçu une douche en pleine figure. Cinq
minutes après, il apparut dans l'antichambre,
fort honteux, et se retournant avec inquiétude
toutes les fois qu'il entendait craquer le plancher. Pas un seul domestique! Il avait l'air de
plus en plus penaud. Souratine entra, revenant
du jardin.

— Vous avez l'air d'un homme qui va se
noyer, dit-il à son hôte effaré; que chérchez-
vous si piteusement?

— Ma valise! s'écria Maxime. Regardez
comme je suis fait!

La poussière du voyage, jointe à la rosée
du soir, avait en réalité fort maltraité son costume.

— Je ne puis pas me présenter ainsi, continua-t-il en éclatant de rire à sa propre figure,
qu'il aperçut réfléchie dans une glace.

— La voilà, votre valise, dit la voix de
Tatiana Pétrovna sortant de la salle à manger.
La voilà qui fait son entrée triomphale dans la
cour, perchée sur le chariot des provisions.

— Ne me regardez pas, madame! s'écria Orianof. Attendez encore dix minutes.

Un quart d'heure après il fit son apparition, bien vêtu, bien rasé, une cravate de couleur tendre nouée sous le menton. Madame Souratine, après lui avoir jeté un coup d'œil moitié ironique, moitié approbateur, lui dit :

— Tenez, voilà votre café, paresseux. Bonjour, monsieur, avez-vous passé une bonne nuit sous notre toit?

VI

En affirmant que depuis deux ans sa femme n'avait pas changé, Souratine avait commis une erreur. Au physique elle était bien la même : un regard plus ferme, une expression plus accentuée, voilà tout ce que l'observateur le plus attentif pouvait signaler de nouveau dans l'ovale allongé de son joli visage ; mais, au moral, c'était tout différent. Orianof put s'en apercevoir dans leurs causeries, pendant les longs repos au bord des ruisseaux, lorsque la chaleur du jour les invitait à rester sous l'épais couvert des bois.

Tatiana Pétrovna avait vingt-deux ans lors de son mariage, mariage voulu, raisonné, que sa famille avait approuvé, qu'elle n'eût pas conseillé cependant, car, belle, gracieuse et bien élevée, Tatiana pouvait, comme on dit, « prétendre à de plus hautes destinées ». En la voyant repousser plusieurs soupirants de province, riches d'ailleurs, jeunes et bien apparentés, ses parents s'étaient dit qu'elle était ambitieuse et l'avaient menée à Pétersbourg.

Partout elle avait produit beaucoup d'effet. Des propositions brillantes lui avaient été faites à plusieurs reprises pendant ce qu'elle nommait en riant « sa campagne de 186. ». Elle avait tout refusé.

— Que veux-tu ? lui disait sa mère éplorée, un soir que le prince P... venait de quitter la maison, furieux d'un échec, lui qui se croyait irrésistible. Que cherches-tu? Qu'attends-tu?

— J'attends que mon cœur parle, dit-elle; tant que je n'aurai pas trouvé un homme avec lequel je désire passer ma vie, ni l'ambition ni l'intérêt ne me feront renoncer à mon indépendance.

Ce discours avait paru fort étrange, et ses parents désespéraient de marier jamais une fille aussi singulière, lorsque, un beau matin, Tatiana entra dans la chambre de sa mère et lui dit :

— Hier soir, Élie Souratine m'a demandé ma main. J'ai passé la nuit à réfléchir; il va venir tout à l'heure, je vous prie, maman, de la lui accorder.

Élie Souratine, un simple propriétaire de province, riche, il est vrai, — mais Tatiana était riche, — sans mérites, sans place, lieutenant en retraite, à trente-cinq ans! Pas d'avenir!

Les doléances de la famille formaient une longue litanie que la jeune fiancée écoutait patiemment, les yeux baissés sur son ouvrage,

un vague rayon de malice dans ce regard soumis, quand il glissait sur les tantes et les cousines affligées.

— Avec des cheveux gris, encore!... disait
une vieille tante célibataire qui portait per-
ruque.

— Oui, mais il en a beaucoup, de ces cheveux gris, répondait Tatiana avec cette rail-
lerie-sérieuse qui la rendait redoutable pour les
gens obtus.

Bref, elle épousa l'homme qu'elle avait
choisi et fut parfaitement heureuse.

Dans les commencements de ce mariage,
Orianof s'était tenu tant soit peu à l'écart de
la maison de Souratine, où il passait auparavant la meilleure partie de son temps. Pourquoi? il n'en savait rien lui-même. Peut-être,
par un sentiment assez commun, n'était-il pas
enchanté de voir déranger par la présence
d'une jeune femme les habitudes qu'il avait
prises chez son ami. Peut-être était-il un peu
jaloux; on n'aime pas toujours à voir une affection nouvelle, unique, toute-puissante, rejeter

au second plan une amitié dévouée. Quel qu'en soit le motif, Orianof s'était montré un peu sauvage, et Souratine avait fini pas s'en apercevoir.

Au lieu de s'en formaliser, il avait fait part à sa femme de ses conjectures au sujet du changement d'humeur de son jeune ami; — environ dix-huit mois s'étaient écoulés depuis leur mariage; — Tatiana Pétrovna fut affligée du chagrin qu'elle avait pu causer sans s'en douter, et prit sur elle de le réparer.

Avec sa franchise ordinaire, elle alla droit au but. Dans une des visites largement espacées que leur faisait Orianof, elle lui fit comprendre qu'elle et son mari avaient pénétré les motifs de son éloignement, qu'ils en étaient sincèrement peinés, et qu'ils feraient tout leur possible pour lui prouver que, loin de perdre un ami, il en avait gagné un autre.

Orianof, d'abord un peu inquiet, froissé de cette brusque invasion dans ses sentiments intérieurs, reçut assez froidement ce discours; mais, le lendemain matin, après avoir réfléchi,

il se dit : Voilà une femme qui n'est véritable-
ment point ordinaire, et son mari fait bien de
la traiter en ami. Là-dessus, aussi loyal qu'elle-
même, il alla lui demander pardon d'avoir été
maussade la veille.

A partir de ce moment, en effet, Orianof eut
deux amis : l'un philosophe, indulgent, poëte
et rêveur; l'autre esprit fin, distingué, mais
pratique et réfléchi, deux individualités qui,
se pondérant mutuellement, faisaient un tout
harmonieux, indissoluble.

Après six mois de cette entente cordiale qui,
par la couleur, rappelait assez le bonheur des
justes dans les Champs-Élysées, Orianof se mit
à l'œuvre. Il entra dans un ministère, chargé
de fonctions très-actives, et partit pour Saint-
Pétersbourg.

Quand on commence par s'écrire beaucoup,
on finit ordinairement par ne plus s'écrire du
tout, et c'est pourquoi, après une séparation
de deux ans, Orianof et madame Souratine, en
se retrouvant vis-à-vis l'un de l'autre, se mi-
rent à s'étudier comme deux étrangers.

Ce que Tatiana Pétrovna remarqua de nouveau dans le caractère et les allures d'Orianof,
elle ne l'a jamais dit à personne. Pour Maxime,
dès·les premiers jours, il s'aperçut que toute
hésitation, toute incertitude avait disparu de
de l'esprit de sa charmante hôtesse. Son caractère, toujours réfléchi, mais amolli précédemment par une certaine timidité juvénile,
avait pris une fermeté décidée. Elle était plus
sérieuse, plus réservée, et de son mari elle
avait pris une indulgence souriante, qui la
rendait miséricordieuse pour les fautes dont
son esprit pratique lui montrait cependant
toutes les conséquences possibles.

— Tu vaux cent fois mieux que moi, lui
disait de temps en temps Souratine.

— Ce n'est pas vrai, répondait-elle en lui
fermant la bouche de la main, et elle se
cachait pour pardonner.

Aussi Orianof fut-il bientôt frappé de cet
ensemble de qualités, contradictoires en apparence, dont il avait remarqué les germes longtemps auparavant, mais qu'il ne croyait pas

appelées à se développer d'une manière aussi
égale. Il étudia Tatiana Pétrovna, d'abord avec
l'intérêt affectueux du philosophe qui découvre
un sujet d'études digne de toute son attention,
puis avec un sentiment plus complexe, mêlé
d'admiration et de tendresse.

Cette femme, vraiment supérieure par son
être moral comme par sa beauté, ne lui avait-
elle pas dit qu'elle et son mari ne devaient faire
qu'un dans son amitié? Pourquoi ne pas se
laisser aller à un sentiment si doux, juste tribut
payé aux mérites de Tatiana Pétrovna? C'est
ainsi qu'il s'en expliqua un soir avec Souratine.

VII

Les deux amis se promenaient sur un coteau
escarpé qui formait un angle saillant au coude
de la rivière. Dans le lointain, les voiles rec-
tangulaires des grandes barques glissaient entre

les rives et s'approchaient rapidement, pous-
sées par le vent du soir, sur l'eau bleue et tranquille. Le courant rapide précipité contre
quelques pierres invisibles formait au pied du
coteau des remous plus menaçants que dange-
reux; cependant, un soir d'automne, une
barque mal guidée s'était fracassée là avec sa
charge de blé. Depuis lors, pendant les nuits
sombres, Souratine faisait allumer un fanal à
cet endroit. Il avait fait prier le propriétaire
de la rive opposée d'en établir un autre vis-à-
vis, pour mieux guider les mariniers; le voi-
sin, plus économe que charitable, avait répondu par un refus. Alors Souratine avait
proposé de faire tous les frais nécessaires pour
établir le fanal en question; — le seigneur
riverain avait répondu que, pour allumer la
lanterne, il faudrait qu'un des hommes de
Souratine traversât la rivière et débarquât
tous les jours dans son jardin, et qu'il entendait ne point avoir d'étrangers chez lui.

Pour la justification du propriétaire, disons
qu'il avait eu contre Souratine un interminable

procès qu'il venait de perdre en dernier ressort.

— Voilà les hommes, dit Orianof avec dédain lorsque Souratine lui eut raconté tous ces détails.

— Que voulez-vous!. répondit son ami. Ce pauvre homme, puisqu'il a perdu son procès!

— Est-ce la faute des mariniers?

— Eh! mon Dieu non! Mais ma lanterne leur suffit. Ils me connaissent tous et m'aiment bien! Tenez, voici une barque qui descend, vous allez voir!

Une des voiles, rosée par les derniers rayons du soleil, s'avançait rapidement comme les ailes étendues d'un grand oiseau. La berge opposée cachait la coque, mais au coude de la rivière les mariniers aperçurent Souratine et son ami debout au pied du signal; toutes les têtes se découvrirent, tous les bras agitèrent les bonnets, toutes les voix crièrent : « Hourrah! Bonne santé, notre père! »

— Bonjour, enfants, cria Souratine en les saluant.

Le cri avait été si unanime, l'élan si vif, que, pris d'une émotion involontaire, Orianof ôta son chapeau sans y penser... Quand il s'en aperçut, il resta un peu penaud, — et le garda à la main comme pour jouir de la fraîcheur.

— Allons, enfants, une chanson pour Élie Andréevitch, cria le patron de la barque en virant de bord.

Tout en manœuvrant la voile, les mariniers entonnèrent le quatuor populaire :

En descendant *la* Volga, notre mère..,.

Par un hasard qui ne manque presque jamais en Russie, les voix étaient bien timbrées et faites pour résonner ensemble ; la barque s'éloigna sous sa voile oblique, et le quatuor se perdit dans l'éloignement ; on n'entendait déjà plus le chant des strophes, que la dernière note, tenue avec vigueur à une hauteur fantastique pour des ténors occidentaux, vibrait encore à intervalles réguliers dans l'espace.

Les deux amis revinrent à pas lents, côte à côte.

— Voilà aussi des hommes, dit Souratine, et ils ne sont pas mauvais.

— Oui, mais ils ne sont pas civilisés, répondit Orianof.

Un moment de silence suivit cette boutade.

— J'ai dit une bêtise, reprit-il, ou plutôt je me suis mal expliqué. Vous savez, mon ami, combien je suis partisan de la lumière, mais de la lumière éclatante, implacable, qui pénètre dans les moindres recoins et illumine tout, non de ce semblant de lumière qui sert de prétexte à l'égoïsme, à l'oppression...

— Comme chez le propriétaire d'en face, interrompit Souratine en souriant.

Orianof se mit à rire aussi.

— Vous êtes aussi malicieux que Tatiana Pétrovna, vous lui avez assez emprunté son ironie ; ce n'est que juste du reste, elle vous a fait bien d'autres emprunts.

— Lesquels ?

— L'indulgence, pour n'indiquer que la

première. Vous avez une épouse accomplie, Élie Andréevitch, un rare trésor. Depuis deux ans elle a changé, gagné, je ne puis que l'admirer.

— Vous me faites bien plaisir, dit Souratine rayonnant de joie; j'avais toujours une vague crainte; je m'étais imaginé que, malgré nos relations cordiales, vous ne l'aimiez pas beaucoup.

Pourquoi Orianof, peu bavard d'ordinaire, arrêta-t-il le flux de paroles qui lui monta alors aux lèvres? Il se contenta d'une dénégation chaleureuse et garda le silence jusqu'à la maison. Depuis ce jour, Souratine se préoccupa beaucoup moins de ce que faisait son hôte et l'abandonna sans remords à la société de sa femme, toutes les fois que sa présence était nécessaire ailleurs.

VIII

Le lendemain matin, en entrant dans la salle
à manger, Maxime trouva Tatiana Pétrovna
installée devant la cafetière qui laissait échap-
per un nuage de vapeur parfumée.

— Homme pratique, lui dit-elle sans relever
la tête, savez-vous écrémer un pot de lait ?

— Certainement, répondit Orianof; ce n'est
pas si difficile.

— Ah! eh bien, voyons! Si vous le gâtez,
il y en a d'autres.

Elle lui passa avec précaution le vase de
grès où tremblottait une crème épaisse et jaune;
il allait y plonger la cuiller, elle l'arrêta d'un
geste.

— Attendez! qui est-ce qui vient là-bas,
sur la route, de l'autre côté du ravin?

Orianof regarda par la fenêtre entr'ouverte.

— Un paysan, un vieillard, répondit-il.

— C'est la personnification du remords! Ce vieillard vient exprès pour me rappeler que depuis je ne sais combien de temps je n'ai pas été voir les villages; il doit y avoir des malades. Eh bien! cette crème? Montrez vos talents.

Maxime plongea délicatement la cuiller de bois verni dans le vase et la retira toute pleine.

— Vraiment! s'écria Tatiana Pétrovna; j'en suis enchantée, vous savez écrémer le lait. Mais alors vous devez aussi savoir faire du beurre?

— A la russe, dans une bouteille, répondit gravement Orianof.

— Bravo! mais vous êtes un homme précieux, on peut se servir de vous. Savez-vous faire un sinapisme?

— Je crois que oui.

— Très-bien! je vous confierai désormais le pot de moutarde... Élie, dit-elle à son mari qui entrait, j'ai trouvé un aide apothicaire en Maxime Ivanovitch!

3.

— Tu ne savais pas qu'il avait étudié la médecine tout exprès pour soigner ses paysans ?

Madame Souratine regarda Maxime, et ses yeux s'illuminèrent d'un rayon joyeux.

— Vous avez fait cela ? Et moi qui me moquais de vous, et vous qui me laissiez faire ! Pardon !

Elle lui tendit la main avec un élan naïf. Orianof la prit en souriant. Sans se l'avouer, il était bien aise qu'elle sût qu'il avait travaillé, comme elle, parce qu'elle le lui avait conseillé ; mais c'est ce qu'il ne pouvait et ne voulait lui dire.

Le paysan vêtu de toile grise passait en ce moment le long de la haie du jardin. Cette tache sur le vert feuillage attira le regard de madame Souratine.

— Quand je vous disais que c'était le remords ambulant, cet homme ! Il vient me relancer ici !

— Il a peut-être affaire à nos gens, fit son mari d'un air tranquille en humant son café.

— Tatiana Pétrovna, il y a là un paysan de Sourovo qui demande à vous voir, dit le domestique en ouvrant la porte de l'antichambre.

— Vous voyez! Il est une Providence qui sait poursuivre et atteindre les coupables, dit madame Souratine du ton demi-sérieux, demi-railleur qui lui était ordinaire.

Elle se leva et sortit; la porte était restée ouverte, les deux messieurs suivirent la jeune femme du regard. Le paysan, hâve et déguenillé, frappa la terre du front à son approche.

— Relève-toi vite, je n'aime pas cela, dit-elle avec impatience; que veux-tu?

— Mère protectrice, sauve-nous! Nous sommes perdus si tu ne viens pas nous secourir. Vous autres, seigneurs, vous pouvez ce que vous voulez.

— Qu'y a-t-il?

— Dans la cabane de Siméon, chez nous, à Sourovo, il y a quatre des nôtres qui sont malades depuis dimanche; le petit garçon est mort cette nuit, et trois autres... Dieu sait ce qu'ils ont!

— C'est bien, j'y vais; retourne-t-en; j'y serai peut-être avant toi.

Le paysan pleurait; c'était un grand-père; ses doigts noueux s'étaient roidis à pousser la charrue : il passa le dos de sa main sur son visage sillonné de rides, s'inclina profondément et partit du pas lent et égal des gens habitués à la servitude, qui savent d'instinct qu'ils ne gagneront rien à se presser.

Madame Souratine, un peu plus sérieuse, rentra dans la salle à manger.

— Que penses-tu que ce soit? lui dit son mari qui l'observait.

— Ce doit être une fièvre, répondit-elle. C'est la saison; quand ces pauvres gens font maigre, le fossoyeur a toujours de la besogne, et voilà le carême de saint Pierre commencé... Où est Grégoire? Il faut faire atteler.

Souratine sortit et revint bientôt.

— Les cochers sont allés baigner les chevaux, dit-il; on ne pourra les atteler avant une heure.

— Eh bien! nous irons à pied, et la calèche viendra nous chercher, n'est-ce pas, Maxime Ivanovitch?

— Certainement, madame.

— Je vais avec vous, dit Souratine.

— Toi?... Non, mon cher mari; vous allez rester à la maison pour m'envoyer les provisions; vous êtes trop sujet à attraper les fièvres. C'est bien fait! nous irons nous promener sans vous, cela vous apprendra à ne pas être invulnérable.

— Mais si c'est sérieux? demanda Maxime, s'il y avait quelque danger de contagion, vous-même, Tatiana Pétrovna...

Madame Souratine sourit doucement et posa la main sur l'épaule de son mari pour répondre au jeune homme.

— Il n'y a danger, monsieur Maxime, que pour ceux qui se nourrissent mal, qui vont à l'encontre de toutes les règles de l'hygiène comme ces pauvres gens, ou pour ceux qui

ont eu les fièvres dans leur jeunesse et sont ex-
posés à les voir revenir, avec ou sans provocation,
tion, comme mon mari, qui n'a rapporté que
cela du Caucase.

— Tu oublies mon grade de lieutenant,
ajouta Souratine en riant; cela fait bien sur les
cartes de visite : « Souratine, lieutenant en
retraite! »

Tatiana avait disparu; au bout d'un moment
elle revint vêtue d'une robe de toile grise très-
simple, presque pauvre, avec une cassette de
médicaments qu'elle remit à Orianof.

— Entrez en fonctions, monsieur le dro-
guiste, lui dit-elle... Tu enverras ce qu'il faut
avec la voiture, comme à l'ordinaire, ajouta-
t-elle en se tournant vers son mari.

Sans lui répondre, Souratine lui prit la tête
dans ses deux mains et l'embrassa au front,
avec respect, avec passion... Orianof était déjà
dans l'antichambre.

Quelques-uns des gens de la maison, debout
dans la cour, les regardaient partir.

—A pied, par la chaleur qu'il fait, dit l'un d'eux à demi-voix.

— Pourquoi les domestiques russes sont-ils si étonnés de voir marcher leurs maîtres? c'est une question que les philosophes modernes n'ont pas suffisamment approfondie.

En disant ces mots, madame Souratine fit un petit signe de tête à son mari, et, suivie d'Orianof, franchit la porte de la cour.

IX.

Il faisait extrêmement chaud, malgré un vent assez vif qui courbait les blés déjà hauts et légèrement jaunissants. Maxime et madame Souratine marchaient d'un pas égal et rapide. De ce côté de la maison s'étendait la plaine cultivée et sans ombrages. Au bout de la route, immense entre les seigles, Sourovo se détachait en une masse foncée. En l'approchant, ils virent se dessiner la silhouette des maisons groupées autour d'un puits russe, à la longue perche dressée audacieusemeut vers le ciel.

Le soleil était si brillant que tout ce qui ne recevait pas la lumière directe paraissait presque noir. Personne dans les champs; la chaleur de midi avait fait rentrer tous les travailleurs. Les brebis endormies sur le pâturage lointain avaient l'air de ballots de laine grisâtre; les cigales bruissaient fièvreusement dans l'herbe ardente... Un coup de vent inclina les épis jusqu'à terre, les cigales se turent un moment, puis reprirent leur chant monotone. Orianof ouvrit la grande porte à claire-voie, et ils entrèrent dans le village.

L'herbe poussait drue devant les maisons, sauf les endroits où les pieds des paysannes avaient tracé le chemin de la cabane au puits. Quelques enfants, uniquement vêtus d'une chemise de toile bise, par ci par là rapiécée de bleu sombre ou d'indienne rose, se roulaient au soleil avec deux ou trois chiens qui vinrent en grondant flairer l'étranger, et qui, au lieu de se remettre au jeu, se dirigèrent vers leurs demeures respectives afin de les protéger en cas d'agression.

—C'est ici, dit Tatiana en s'arrêtant devant une cabane étroite et basse, couverte de chaume, où se faisait entendre un bruit confus et plaintif.

Maxime en ce moment se rappela l'impression qu'il avait éprouvée la première fois qu'il était entré dans une cabane où régnait la contagion, où la mort avait fait sa visite; il était brave et ne redoutait aucun des dangers auxquels l'homme peut faire face, mais lorsque, connaissant le péril, il avait franchi le seuil d'une demeure pestiférée, — c'était pendant le choléra — il l'a avoué plus tard, il eut horriblement peur.

Le feu, l'eau, les bêtes féroces, ces choses que l'on sent, que l'on voit, avec lesquelles on lutte, contre lesquelles on se défend, tout cela n'est rien auprès de cette atmosphère lourde et malsaine où, sans en savoir le moment, on peut respirer un poison mortel, contre lequel il n'est pas de secours.

Depuis longtemps il avait vaincu ces terreurs; mais, en regardant madame Souratine, il se sentit faible — pour elle.

Elle était à peine rose; son teint était si transparent qu'elle semblait éclairée par une flamme intérieure; ses lèvres entr'ouvertes souriaient à demi.

— Si cette adorable créature allait mourir! pensa-t-il.

Il avait envie de lui défendre d'entrer, il n'osa. De quel droit?

Au lieu de lui céder le pas, il monta le premier les quelques marches de l'escalier extérieur et poussa la porte... ils restèrent tous deux un instant sur le seuil.

Au milieu de la chambre basse et enfumée, sur la table posée de biais, le corps d'un enfant de quatre ou cinq ans était étendu sur un linge blanc. Le petit être était revêtu d'une chemise nouée à la ceinture par un cordon rouge, ses cheveux blonds étaient peignés

avec soin, des branches d'arbre l'entouraient.
Une lampe brûlait devant les saintes images,
et les femmes, accroupies sur leurs talons,
chantaient tour à tour en voix de tête une sorte
de mélopée funéraire, semblable au myrio-
logue des Grecs, interrompue de même par les
glapissements plaintifs du chœur.

Le long de la muraille, sur les bancs, étaient
étendus trois hommes, deux frères dans la force
de l'âge, et un beau jeune garçon d'une
vingtaine d'années. Ils semblaient assoupis par
la fièvre, et à peine de temps en temps de-
mandaient-ils à boire d'une voix éteinte. L'o-
deur de l'huile de la lampe, celle du cadavre,
les émanations de cette foule malpropre et la
chaleur brûlante qui s'exhalait du corps des
malades formaient une atmosphère nauséa-
bonde, intolérable, qui fit reculer les visiteurs.

Surmontant sa répugnance, madame Souratine s'avança rapidement dans la chambre en
faisant le signe de la croix, selon l'usage russe,
et, refoulant sa pitié, elle s'adressa aux
paysannes d'une voix nette et impérieuse :

— Voyez ce qu'il vous en a coûté de me désobéir ! dit-elle.

A son aspect, la mère de l'enfant mort et toutes les pleureuses se précipitèrent à ses pieds, gémissant en fausset :

— Sauve-nous, sauve-nous, notre mère nourrice, notre bonne maîtresse, tu peux nous sauver, ne refuse pas...

— Je ne peux rien, répondit Tatiana du même ton. Dieu peut tout, mais Dieu lui-même ne fera rien si vous continuez à désobéir. J'ai défendu qu'on fît de semblables cérémonies dans une pièce où il y a des malades.

— Mais, notre mère, on ne peut pas emporter les images de la chambre, ni le petit défunt...

— Eh bien ! emportez vos malades... Dehors, vous, vite, dit-elle aux voisines, aux commères qui remplissaient l'étroite maisonnette. Où sont les femmes de ces malheureux ?

Trois femmes robustes, dont une très-jeune et très-jolie, s'avancèrent d'un air confus.

— Emportez-moi vos maris, un à un dans la grange au foin, et sans les faire crier.

Dans les cabanes russes, la grange au foin est une vaste pièce fraîche au plus fort de l'été, haute de plafond, car la toiture seule la couvre, où l'air circule librement à cette époque de l'année, quand l'ancien foin est épuisé et quand le nouveau est encore dans les prairies.

Pendant qu'on exécutait ses ordres, Tatiana se dirigea vivement vers les deux étroites fenêtres, les ouvrit dans toute leur grandeur et respira avec délices l'air embrasé du dehors, qui semblait rafraîchissant en comparaison de l'atmosphère pestilentielle de la chambre; puis elle répandit un flacon de vinaigre sur le plancher et se tourna vers la maîtresse du logis.

— Qu'on ne rentre pas ici avant le soir, dit-elle, et maintenant allons voir vos hommes.

Pendant ce temps, Orianof avait surveillé l'installation des malades, chacun dans un coin commode, sur une épaisse couche de foin moelleux. La demi-obscurité, l'air parfumé de la grange semblaient le paradis auprès de la pièce qu'ils venaient de quitter. Un des malades ouvrit les yeux d'un air languissant et reconnut « la dame ».

— Tu es bonne, lui dit-il ; que Dieu te récompense ! Et il referma les yeux.

Orianof avait fait son examen.

— C'est la fièvre paludéenne, dit-il à madame Souratine.

— Tant mieux ! répondit joyeusement celle-ci, nous savons ce que c'est et on n'en meurt pas.

— Mais le petit est mort, dit le père d'une voix creuse, sans ouvrir les yeux.

— C'est qu'il était déjà malade. Je vous avais dit de le nourrir de lait et vous lui avez fait faire maigre tout le grand carême.

— Mais notre mère, c'est un péché de faire gras, dit la mère en s'approchant.

— Ce n'est pas un péché que de laisser mourir son fils faute d'une nourriture suffisante ? répondit madame Souratine en haussant les épaules. Très-bien ! mais si vous voulez

conserver ceux-là, ne leur donnez à manger
que les médecines que je vous enverrai.

— Pas de kvass? demanda la mère. Ils veu-
lent toujours boire, et, Dieu merci! nous sommes assez riches pour ne pas leur donner
d'eau.

— Alors on les enterrera demain, dit madame Souratine d'un air décidé. Pas de kvass,
rien que de l'eau et ce que j'enverrai...
Croyez-vous, dit-elle en se tournant vers Orianof, qu'on est forcé de leur faire passer le
bouillon pour une médecine? Pauvres gens,
ils le croient, ils ne savent pas seulement ce
que c'est qu'un potage. Et ce n'est pas pauvreté, mais ignorance. A vous maintenant,
docteur, dit-elle avec un sourire radieux de
joie et de bonté, ordonnez!

Orianof indiqua quelques remèdes simples,
dont l'effet est puissant sur ces natures toutes
neuves. Quand Tatiana Pétrovna eut terminé
ses recommandations nettes et brèves aux
femmes, elle s'approcha des malades et se mit
tout à coup à leur parler avec une tendresse

infinie, avec une bonté maternelle, comme à de petits enfants malades ; en quelques instants elle ramena leur confiance et leur inspira l'espoir de la guérison.

Orianof la regardait tout étonné : ce n'était plus la même femme ! toute la grâce, toute la douceur humaine semblaient s'être personnifiées en elle pour répandre les bienfaits de leur mansuétude sur la pauvre humanité souffrante.

Le roulement de la calèche se fit entendre au dehors.

— Et voilà vos médecines qui arrivent, dit joyeusement madame Souratine... Maxime Ivanovitch, allez chercher la corbeille de provisions. Grégoire fait maigre, il ne faut pas l'exposer inutilement.

Maxime apporta une corbeille pleine de bonnes choses saines et fortifiantes, qui furent assignées par portions à l'usage des malades. En sortant, Tatiana Pétrovna se retourna sur le seuil ; sa silhouette se détachait à demi obscure sur le fond violemment éclairé du dehors.

Orianof ne pouvait se lasser de la regarder.

— Dieu soit avec vous et sa paix sur votre maison ! dit-elle ; je reviendrai demain.

Un faible murmure lui répondit, et les malades s'assoupirent doucement, pendant qu'une fraîche haleine de vent agitait quelques brins de paille sous la porte mal jointe.

En se retrouvant en plein air, madame Souratine respira largement, puis se tourna souriante vers Orianof :

— Vos peines ne sont pas finies, lui dit-elle, nous avons d'autres visites à rendre.

— Tant mieux ! répondit-il.

Toutes les femmes du village, les bras croisés sur la poitrine, attendaient, sur le seuil de leurs demeures, le sourire et le salut de leur maîtresse, qui entrait partout où l'on réclamait sa présence, laissant toujours derrière elle une impression à la fois fraîche et lumineuse. Arrivée au bout du village, elle tourna le coin de la dernière maison et s'arrêta.

Devant eux se creusait subitement une vallée où le soleil faisait blanchir les champs de

4

sarrasin en fleur. Les rectangles de teintes
variées indiquaient les cultures diverses. Sous
leurs pieds ondulait un champ, presque dur à
l'œil. Un coup de vent très-frais enleva soudain
le chapeau de madame Souratine.

C'était le vent d'est qui vient des hauts pla-
teaux de Mongolie, et qui, même au cœur de
l'été, apporte en Europe plus de fluxions de
poitrine que de bénédictions.

— Le vent! dit joyeusement la jeune femme.
Allons l'écouter dans la forêt.

Ils montèrent dans la calèche, qui s'éloigna,
accompagnée jusqu'aux dernières limites du
village par les enfants, qui couraient pieds nus
en s'excitant de la voix.

Le vent fraîchissait toujours et leur venait
au visage, chassant la poussière derrière eux.

— C'est charmant, s'écria madame Souratine avec une explosion de gaieté; aller vite
contre le vent, c'est un des plaisirs de l'existence... Plus vite, Grégoire, dit-elle au cocher;
rends la main à tes chevaux.

— Ce sont de vilaines bêtes, madame, répon-

dit-il en secouant la tête. Ce n'est pas pour
dire du mal du cheval de brancard, il fait son
devoir comme un honnête cheval; mais celui
de gauche n'est pas trop doux, et le petit de
volée à droite, c'est une méchante bête : il rue
comme un possédé.

— Krolik? il était si gentil autrefois! Que
lui a-t-on fait pour lui changer le caractère?

— On l'a battu sans raison; c'est le cocher
qui a servi chez vous pendant que Simon était
malade; les bêtes, c'est comme les gens, il
faut qu'elles sachent pourquoi on les punit,
sans quoi elles deviennent méchantes. Je le
corrigerai, mais ce sera long.

— On vit avec des chevaux, mais on a sa
petite philosophie, dit madame Souratine, en
français, à Orianof... Cela ne fait rien, mon
bon Grégoire, ajouta-t-elle en russe, va un peu
plus vite.

Le cocher fit un mouvement imperceptible,
et la troïka vola sur la route, laissant derrière
elle une longue traînée de poussière.

X

La-forêt était devant eux, une haute forêt de pins, où régnaient deux couleurs principales bien tranchées : le fauve rougeâtre pour les troncs élancés, et le vert sombre pour les feuillage qui les couronnaient. L'attelage s'engagea sous la haute voûte, ralentit son élan et se mit au pas, s'ébrouant et faisant retentir les cuivres de son harnais sur la route moelleuse, tapissée d'aiguilles de pins tombées l'année précédente.

— Marchons un peu, dit Tatiana ; voulez-vous ?

Orianof, qui n'avait presque rien dit depuis leur sortie du village, s'empressa d'accepter, et ils descendirent tous deux.

Elle était splendide cette noble forêt, claire, et en même temps chaude de tons et d'atmosphère. Les pins, soigneusement ébranchés,

s'élevaient tout droits à une hauteur vertigi-
neuse.

Un vigoureux tapis de plantes vivaces et de
fougères entrelacées recouvrait le sol remué
en maint endroit par les taupes. D'énormes
monticules de broutilles servaient de palais à
de grosses fourmis rougeâtres qui, toujours
affairées, allaient et venaient en longues files
sur le sentier régulier tracé à leur usage par un
labeur incessant. Là, rien ne témoignait de
servitude; la civilisation n'y avait passé que
pour ébrancher les pins, afin de leur laisser
atteindre leur plus grande hauteur. Les écu-
reuils sautaient d'un arbre à l'autre à une
grande élévation, en faisant craquer les branches mortes; de temps en temps une pomme
de pin desséchée tombait dans l'épais fouillis
de végétation qui couvrait le sol, mais ces
bruits seuls troublaient le silence imposant,
presque sacré, de la forêt majestueuse.

Laissant l'équipage derrière eux, les promeneurs suivirent la route qui, tracée par le
hasard, allait et venait en zigzags capricieux.

4.

A mesure qu'ils pénétraient plus avant, les
grêles colonnettes fauves des pins semblaient
se déplacer par files et passer mystérieusement
les unes derrière les autres. L'atmosphère était
calme, chaude, et chargée d'une odeur aroma-
tique de résine. Après la lutte avec le vent,
cette vigoureuse tiédeur avait quelque chose
de particulièrement fortifiant; Tatiana l'aspirait
avec délices. Au bout de quelques centaines
de pas, elle s'arrêta pour écouter.

Le vent mugissait dans les hautes cimes : sa
voix n'avait rien de lamentable ou d'irrité
comme dans les forêts d'essences mêlées;
c'était un roulement continu, solennel et puissant comme le bruit des vagues qui déferlent
sur une plage unie.

Par instants il semblait faiblir, puis il reprenait avec une harmonie grandiose. Dans cette
solitude, où la robuste nature étalait sa magni-
ficence sauvage, cette grande voix semblait
seule avoir le droit de se faire entendre, et,
sans s'en rendre compte, les promeneurs parlaient plus bas.

— Y a-t-il longtemps que vous vous occupez de médecine? dit tout à coup madame Souratine en reprenant sa marche.

— Deux ans.

— D'où vous est venue cette idée ?

Il garda le silence une seconde.

— Me croirez-vous si je vous le dis? fit-il enfin.

— Je crois toujours ce qu'on me dit, répliqua Tatiana en le regardant bien en face, — jusqu'à ce qu'on m'ait trompée une fois, bien entendu, ajouta-t-elle en riant.

Son rire rompit le charme étrange et mystérieux de la forêt. Orianof répondit avec plus d'aisance :

— Un jour vous avez témoigné le regret de ne pouvoir étudier la médecine, à cause des usages qui l'interdisent aux femmes, et alors...

— Alors vous vous êtes mis à l'apprendre. C'est très-bien, cela, très-bien.

— L'apprendre? non, dit Orianof; on n'apprend pas une science pour y avoir consacré quelques loisirs pendant deux années, mais on l'effleure.

— Soit! Mais est-il possible qu'une simple parole dite à la légère ait pu vous inspirer une si sérieuse résolution ?

Elle parlait franchement, sans arrière-pensée de coquetterie, tout en se reprochant sa méfiance. Maxime la regarda pour s'en assurer.

— Il arrive souvent que des paroles dites à la légère influent sur les actions de ceux qu'elles sembleraient ne pas devoir frapper, répondit-il lentement et en pesant ses mots : c'est probablement quand ces paroles sont l'expression d'une vérité qu'on n'avait ni comprise, ni même entrevue. Cette fois, par exemple, j'ai trouvé que vous aviez parfaitement raison, et puisque cette bonne pensée vous était venue...

— Vous l'avez réalisée pour vous-même... C'est toujours très-bien.

`Elle fit quelques pas en silence.

Le bruit majestueux des vagues de verdure continuait à rouler au-dessus de leurs têtes.

— Je ne croyais pas avoir eu tant d'influence sur vous, continua-t-elle; vous ne m'aimiez guère, avouez-le, monsieur Orianof.

— Je n'en sais rien et je ne m'en souviens plus; ma mémoire n'a rien gardé d'antérieur à...

A son tour il se tut et continua d'avancer.

— Votre influence ne s'est pas arrêtée là, reprit-il; cette influence a été beaucoup plus sérieuse que vous ne le supposeriez.

— Vraiment?

Ils marchaient lentement, les arbres défilaient toujours devant eux, et le vent s'était momentanément calmé. On ne voyait pas le ciel; mais, sans qu'un rayon de soleil traversât le feuillage, la forêt était pleine de lumière.

— Oui, continua Maxime, vous m'avez appris ce que pouvait une femme intelligente dans un milieu sympathique. Jusqu'au mariage d'Élie Andréevitch, je n'avais qu'une très-faible idée des femmes, des femmes russes surtout. Ce n'était pas, vous en conviendrez,

la société de vos voisines, ni les invitées des
fêtes de notre maréchal de noblesse qui pouvaient m'en donner une idée avantageuse.
J'ai trouvé en vous une personne différente des
autres...

— Et alors, vous m'avez prise en grippe?
Dites-le une bonne fois, cela m'amusera.

— Non, répondit-il en souriant, j'ai eu tout
bonnement peur de vous.

— Je ne vois pas en quoi cette salutaire
frayeur a pu influer sur votre vie?

— Pardon, je me suis méfié de mon propre
jugement, et je suis mis à étudier les hommes
en détail au lieu de les juger en bloc.

— Qu'avez-vous trouvé de bon en eux?

— Cela nous mènerait trop loin; pour être
bref, j'y ai trouvé beaucoup plus de bon que je
ne m'y attendais, et cela m'a rendu plus
prudent dans mes appréciations.

— Allons, dit gaiement Tatiana, au moins
je ne vous ai pas fait de mal.

— Oh non! répondit Orianof à voix basse,

en regardant le sentier qui tournait, tournait toujours à travers le bois tiède et odorant.

— Rentrons, dit madame Souratine après une seconde de silence, mon mari doit s'inquiéter de nous.

Ils doublèrent le pas; une demi-heure après, ils rentraient à la maison.

XI

Le ciel pâle était plein d'étoiles, le vent était tombé, et Maxime, assis à sa fenêtre, regardait tristement l'étroite bande d'un rouge obscur qui marquait le couchant.

Il était triste, mais pourquoi? Sa vie coulait du même flot égal, la journée s'était passée d'une façon très-gaie, et cependant, depuis son retour de la forêt, il se sentait envahir par une tristesse toujours croissante. Pourquoi? Seul dans sa chambre, où il était rentré de bonne heure en prétextant un peu de fatigue, il s'adressait cette question avec insistance et ne pouvait se donner de réponse.

Au milieu de l'interminable procession des pins de la forêt, il revoyait incessamment passer l'image de Tatiana Pétrovna; il la chassait, elle revenait, et sa mélancolie grandissait toujours.

Il se leva, fit quelques tours dans la chambre et vint se rasseoir près de la fenêtre; ses idées avaient pris un autre cours.

Il se rappela les premiers temps du mariage de Souratine; cet intérieur de célibataire, propre et bien tenu, mais d'une teinte grise et uniforme, éclairé tout à coup par la grâce souriante, la gaieté discrète de cette jeune femme; ce contraste du demi-jour à la pleine lumière l'avait déjà ébloui, lui, Orianof, et il avait maussadement tourné le dos à ce rayon de soleil vif et clair.

« Vous m'avez prise en grippe? »

Le ton railleur dont madame Souratine lui avait dit ces mots le matin dans la forêt lui était toujours présent, et il s'en voulait de l'avoir mérité.

— C'est vrai, je l'avais presque prise en grippe, se disait-il, mécontent de lui-même, et j'ai été assez maladroit pour le lui laisser voir, lorsque la plus simple politesse m'obligeait à lui témoigner des dehors affectueux, sans parler de l'affection que je porte à Souratine. Elle est bien bonne et bien charmante; mais, au fond de l'âme, m'a-t-elle pardonné?

Et la tristesse montait toujours, douloureuse, inexplicable... Il appuya sa tête sur le dossier de son fauteuil et regarda les étoiles s'allumer au ciel plus sombre.

Il n'était pas plus de dix heures; la terre exhalait la chaleur que le soleil lui avait communiquée. L'obscurité débordait du ravin boisé jusque sous l'allée qui faisait le tour du parterre. Une voix pleine et douce, modérée à dessein, frappa l'oreille du rêveur; il se redressa à demi, et, sans s'en rendre compte, il écouta de toute son âme.

— Oui, disait Tatiana, il a complétement

changé; la jactance des tout jeunes gens a disparu; il est modeste, et son cœur est resté
généreux. Depuis qu'il est ici, je l'étudie, et
je suis assurée de ne pas me tromper beaucoup
sur son compte.

— Je te disais bien, répondit Souratine, que
tu finirais par l'aimer comme il le mérite.

— Tu avais raison comme toujours, répli-
qua-t-elle avec une inflexion caressante dans
la voix.

Ils parlaient bas, mais l'air était si calme que
rien ne se perdait, pas même un souffle.

— Qu'est-ce que je fais? se dit Orianof.

Et il voulut se lever pour fermer la fenêtre;
mais les causeurs, sortant de l'ombre, parurent
devant lui à une dizaine de pas : il resta immobile.

Ils marchaient lentement. Tatiana, les deux
mains jointes autour du bras de son mari,
penchait légèrement la tête de son côté.

— Du reste, continua Souratine, sois bien
sûre que tu es pour beaucoup dans le changement que tu remarques en lui. Un mot dit à

propos par une femme de bien peut agir plus puissamment sur un homme intelligent que tous les sermons d'un ami.

— Crois-tu ? dit Tatiana.

— J'en suis persuadé. Tu as exercé sur lui une puissante influence, et il te doit beaucoup de ce qu'il a de bon.

Tatiana pensa à ce que Maxime lui avait dit dans la forêt et ne répondit pas. Souratine ajouta :

— Ma chère et noble femme ! tu répands les bienfaits autour de toi, comme les fleurs répandent leur parfum, sans s'en douter, tout bonnement parce qu'elles sont fleurs.

Elle tourna doucement son visage vers son mari, qui l'attira à lui et baisa ses cheveux. Ils rentrèrent dans l'ombre.

Quand ils furent hors de vue, Maxime ferma tout doucement la fenêtre en évitant de faire du bruit, et se jeta sur son lit sans allumer de lumière. Son cœur, plus serré que jamais, bondissait par moment d'une joie troublée et mêlée d'amertume... Quelle chose inexplicable!

— Pourvu que je n'aie pas attrapé la fièvre! se dit-il tout à coup. Eh bien! si je l'ai, on me soignera. Je serai très-bien ici.

Il s'endormit soudain, calmé par l'idée d'être soigné dans cette belle chambre harmonieuse à l'œil, par de belles mains soyeuses, veillé par de beaux yeux pleins de tendresse et de douceur.

XII

Maxime n'eut pas la fièvre cependant; le lendemain matin, s'éveillant d'un bon sommeil, il chercha vainement à se rendre compte de ses émotions de la veille et ne trouva que l'impression d'un malaise pénible, comme au lendemain d'une migraine.

— Pourquoi diable étais-je si malheureux? se dit-il une ou deux fois pendant qu'il s'habillait.

Ne trouvant rien à se répondre, il alla déjeuner.

En revoyant ses hôtes, il éprouva une sorte de remords :

— Au bout du compte, pensa-t-il, j'ai écouté aux fenêtres, et ce n'est pas beau.

— Hier soir, en me promenant, je me suis aperçu que vous dormiez la fenêtre ouverte, lui dit Souratine vers la fin du repas ; — Oria-nof sentit la rougeur lui monter au visage ; — c'est très-malsain dans notre climat : un médecin devrait savoir cela.

— Aussi, répondit le jeune homme, je l'interdis à mes patients.

— Très-bien ! dit Tatiana Pétrovna, vous vous réservez le monopole des imprudences, à ce qu'il paraît ? Si vous tombez malade par votre faute, je vous préviens que je ne vous soignerai pas.

— Moi qui pensais précisément hier soir que ce serait bien agréable de vous avoir pour garde-malade ! Cette pauvre grange où vous avez

installé ces paysans était devenue une demeure si confortable !

— N'allez-vous pas comparer votre belle
chambre bleue à une grange ? Quand on a un
bon lit et un toit sur la tête, on n'a pas besoin
de garde-malade. Viendrez-vous voir après
dîner ce qui se passe dans le palais que j'ai
fait avec cette grange ?

Orianof ne demandait pas mieux. La journée
passa vite et vers le soir ils partirent, très-
joyeux et disant mille folies.

— Emmenez-moi, gémissait Souratine d'un
ton plaintif, pendant qu'ils montaient en voiture.

— Nenni, lui répondit sa femme ; mais si
vous êtes bien sage, on viendra vous chercher
au retour et nous irons nous promener.

— Vous me trouverez à moitié route, répondit Souratine.

La calèche roulait déjà.

— Je te le défends bien ! lui cria sa femme
en se retournant pour le menacer du doigt.

Souratine, en riant de tout son cœur, lui fit

un signe de la main et rentra dans la maison.

Les malades allaient beaucoup mieux; en revanche, l'épidémie avait envahi d'autres cabanes; la visite fut longue.

Le village était triste; le petit mort était enterré, mais les femmes craignaient pour leurs maris. Madame Souratine employa toute son éloquence pour les rassurer et réussit à moitié. Orianof se mit à prêcher aussi et réussit tout à fait; sa voix mâle exerçait une influence presque superstitieuse sur ces pauvres femmes, semblables à un troupeau de brebis effarées. Ils partirent, suivis des bénédictions de tout le village.

A mi-chemin de la maison, Grégoire arrêta tout à coup ses chevaux devant son maître. Assis au bord de la route, les jambes pendantes dans le fossé, Souratine trônait sur le gazon, une longue baguette en guise de sceptre à la main; son paletot de léger drap gris, d'une jolie coupe, mais froissé par l'usage, et son pantalon de toile écrue, avaient pris quelques taches vertes sur le siége agreste qu'il avait

choisi. Il riait comme un enfant de son espièglerie.

— Ah! te voilà? lui dit sa femme en le
voyant s'approcher. Que tu es donc joli! Mais
que tu es joli! Monte, monte, n'aie pas peur
de me salir.

— Tiens, c'est vrai, dit Souratine; il y avait
de l'eau dans le fossé et j'y ai trempé une baguette pour mesurer la profondeur.

— Oh! cela ne retranche rien au pittoresque
de ton apparence; allons, viens!

Quand il fut assis :

— Es-tu bien? lui demanda-t-elle.

— Très-bien, merci! On tient facilement
trois dans cette calèche. Je vous ai désobéi,
me pardonnez-vous?

— Où ordonnez-vous d'aller, madame? dit
Grégoire en se retournant vers eux.

— Chez Justine Pavlovna, répondit madame
Souratine.

La calèche tourna à gauche et se mit à rouler sur le sol gazonné d'une route peu fré-
quentée.

— Chez la vieille Justine! s'écria Souratine avec un cri d'horreur. Mais je suis fait comme un apothicaire allemand! Tatiana, c'est une plaisanterie?

— C'est très-sérieux; il ne fallait pas me désobéir; si tu m'avais attendu à la maison, tu aurais pu te faire superbe.

— Oh! les suites fatales d'une désobéissance! s'écria Souratine en levant les bras au ciel.

Sa femme riait de tout son cœur, et Maxime faisait la basse dans ce trio.

— Au fond, si cela t'ennuie, dit Tatiana en reprenant son sérieux, nous allons retourner chez nous. Quant à vous, Maxime Ivanovitch, on ne vous demande pas votre avis; vous êtes notre prisonnier, il faut nous suivre. Rentrons-nous?

— Non, non, répondit Souratine, je suis encore bien assez beau pour Justine Pavlovna.

— Oh! les hommes! dit sa femme, dédaigner ainsi une charmante personne qui a voulu l'épouser à toute force jadis; il n'avait guère

5.

que vingt-cinq ans de moins qu'elle ; l'union était bien assortie, comme vous voyez.

— Certainement, dit Orianof. Et vous n'êtes pas jalouse ?

— Moi ? Non.

— Nous ne sommes pas jaloux chez nous, fit Souratine d'un ton sentencieux.

Justine Pavlovna était une vieille fille fort riche, qui habitait une énorme maison seigneuriale à quelques verstes de là. Suivant l'antique usage, pour embellir sa solitude elle avait rassemblé autour d'elle une quantité innombrable de demoiselles de compagnie, de femmes de chambre, de brodeuses, de pupilles, de filleules, etc. On la disait très-rèche dans la vie d'intérieur, mais tout visiteur était le bienvenu chez elle.

Des rires joyeux et les sons d'un vieux piano fourbu, comme il ne s'en trouve qu'en province, sortaient de toutes les fenêtres ouvertes.

— Il y a du monde ! s'écria Souratine terrifié.

— Battons en retraite! dit sa femme qui riait aux larmes.

Au moment où elle donnait cet ordre à Grégoire ahuri, la maîtresse de maison, avertie par le bruit des roues, vint elle-même sur le perron pour les recevoir.

— Pardon, Justine Pavlovna, lui dit madame Souratine sans descendre de voiture, j'ai voulu faire une plaisanterie, et cela ne m'a pas réussi. Je croyais vous trouver seule et je vous amenais mon mari, pris en flagrant délit de pêche à la ligne dans une rigole...

— Vous êtes toujours les bienvenus, dit la vieille fille avec sa bonne grâce hospitalière. Entrez, nous n'avons que des amis.

— Attendez, dit madame Souratine en descendant de voiture, nous allons nous faire beaux pour la circonstance.

Et, se penchant sur la plate-bande qui faisait le tour de la maison, elle cueillit deux roses rouges, en passa une à la boutonnière de son mari et mit l'autre à son corsage.

— Nous voilà endimanchés, dit-elle en souriant. M. Orianof n'a pas besoin de parure; il est au-dessus de ces faiblesses.

Ils entrèrent et n'eurent pas lieu de s'en repentir; tous les visiteurs étaient jeunes et gais. Grâce à la réputation de distinction de Souratine, ce qui chez un autre eût passé pour un manque d'usage, fut considéré comme une espièglerie amusante. On le fit danser, et il dansa; on le fit jouer à Colin-Maillard : il courut pendant dix minutes, les yeux bandés, après un balai revêtu d'un jupon empesé qu'on traînait devant lui, et qu'il finit par serrer dans ses bras. Tatiana riait comme un enfant; Maxime avait renoncé à toute apparence de gravité. Jamais, de mémoire d'homme, on ne s'était tant amusé.

— Il est temps de partir, dit enfin madame Souratine en soupirant.

— Un galop pour finir ! s'écria un des jeunes gens.

— Un galop, soit ! dit Tatiana Pétrovna en s'asseyant devant un chaudron fêlé qui tenait lieu d'orchestre.

Et elle entama un galop frénétique avec une maestria qui électrisa les danseurs.

Dans la salle, bien éclairée, les robes légères, les ceintures flottantes voltigeaient et tourbillonnaient. Madame Souratine, assise au piano, jouait sans effort, sans fatigue apparente. La clarté d'un grand candélabre chargé de huit bougies éclairait son visage, rosé par la chaleur et le mouvement; une expression de gaieté enfantine lui donnait l'air d'une toute jeune fille : ses mains fermes et fines frappaient impitoyablement les touches jaunies; de temps en temps elle regardait les danseurs et souriait avec bonté en les voyant tournoyer.

Assis à l'ombre d'un rideau, Maxime la regardait.

— Toujours la même et toujours différente, pensait-il; on croit la connaître et elle vous échappe pour se montrer sous un aspect nouveau; mais son trait distinctif, c'est la bonté.

Souratine lui frappa sur l'épaule.

— Beau ténébreux, à quoi pensez-vous ? lui dit-il.

— Je pensais que Tatiana Pétrovna se fatigue trop, répondit Orianof.

Souratine regarda sa femme, et, de même que son jeune ami, il se dit probablement qu'elle était bien jolie.

La rose rouge de son corsage penchait doucement ses pétales à demi flétris sur sa robe d'une nuance claire indécise; ses tresses tombaient un peu plus bas que de coutume sur son cou. Fatiguée, cette fois, elle jouait machinalement en regardant dans le vague; ses yeux assombris étaient devenus presque noirs... un bruit aigre et strident résonna tout à coup. Elle se leva.

— C'est la dernière corde, dit-elle : il n'y avait plus que celle-là, et je l'ai cassée. Allons nous coucher.

Dix minutes après, la troïka fougueuse emportait chez eux les trois visiteurs.

Maxime dormit moins bien que la nuit précédente : il rêva que dans ses deux mains jointes il tenait la rose rouge que portait madame Souratine. La fleur était fanée, mais ses pétales,

encore odorants, semblaient s'enrouler d'eux-
mêmes autour de ses lèvres pendant qu'il en
aspirait le parfum. Des roses fleurissaient sous
sa fenêtre, mais cette fenêtre était fermée. Il
s'éveilla, la tête prise comme d'un vertige : il
avait du soleil plein les yeux, et cependant sa
chambre était au couchant.

XIII

C'était un dimanche ; les stores étaient baissés
dans le salon où les trois amis se réunissaient
après le dîner. Le soleil se glissait par un in-
terstice et jetait une longue traînée lumineuse
sur les rosaces bariolées du tapis. La conversation venait de s'éteindre paisiblement.

— Voilà quinze jours que je suis ici, dit tout
à coup Orianof, il faut pourtant que je m'en
aille.

Souratine, qui s'assoupissait tout doucement, se redressa, les yeux grands ouverts.

— Vous en aller ? Quelle idée ! Vous passerez tout l'été avec nous.

— C'est trop beau pour être vrai, répondit Maxime. J'ai écrit ce matin pour qu'on m'envoie un équipage et des chevaux.

— Mais c'est une trahison ! Sans nous prévenir ! Tatiana, gronde-le donc ! s'écria Souratine.

Sa femme n'avait pas levé les yeux ; depuis quelques secondes, elle piquait d'un mouvement plus rapide l'aiguille dans sa tapisserie.

— Il ne s'en ira pas, dit-elle tranquillement, sans regarder son hôte.

Souratine se mit à rire en se frottant les mains.

— Bravo ! dit-il. Que répondrez-vous à cela, Maxime ?

— Rien, sinon que ma présence est nécessaire chez moi, et que mes affaires...

— Prétextes, reprit vivement Souratine. On

n'a pas besoin de vous avant les foins; vous pouvez bien rester ici jusqu'à la Saint-Jean.

— En vérité, je...

— Tania, mais fâche-toi donc! Tu ne dis rien!

— A quoi bon? Il ne s'en ira pas, répondit-elle avec le même calme; il sait que nous avons besoin de lui.

— Comment cela? fit Maxime surpris.

— Pour soigner nos pauvres paysans. Un médecin n'abandonne pas plus ses malades qu'un soldat son drapeau.

— Mais ils vont bien maintenant, Tatiana Pétrovna, et, d'ailleurs, vous savez ce qu'il faut faire en semblable occurrence.

— Vous resterez, dit-elle d'un ton à la fois positif et nonchalant.

— Oui, certainement, jusqu'à l'arrivée de mes chevaux, répondit Maxime.

Il se sentait irrité de l'assurance de madame Souratine.

— Est-elle donc si certaine de son pouvoir sur moi? se demanda-t-il intérieurement.

Son pouvoir! il n'avait jamais pensé qu'elle

eût du pouvoir sur lui. Tout étonné de cette idée nouvelle, il sentit en même temps qu'elle était bien fondée.

— En vérité, se dit-il, si elle veut que je reste, comment ferai-je pour partir?

Parfois, dans les mers du Nord, un coup de vent subit enlève le brouillard du matin et découvre au loin l'espace bleu, rutilant au soleil du midi; un effet semblable se produisit en Maxime. Effrayé de ce qu'il découvrait, il s'approcha de la fenêtre pour cacher son trouble.

Les refrains des chœurs de jeunes filles qui tournaient lentement en rond sur la place du village lui arrivaient distinctement avec leurs longues tenues aiguës. Souratine venait de sortir en lui disant quelque chose qu'il n'avait pas entendu; il n'osa se retourner pour le faire répéter.

Derrière lui, dans ce salon où il était resté seul avec elle, il sentait que, s'il ouvrait la bouche, ce serait pour lui dire :

—Vous savez bien que je vous aime follement!

Et elle, pourquoi ne parlait-elle pas? Un mot

banal, une question ordinaire eût rompu le charme et l'eût remis en possession de sa raison et de sa volonté ; mais elle ne disait rien, et le bruit de la laine passant dans le canevas continuait, agaçant et régulier. Il avait peur qu'elle n'entendît les battements désordonnés de son cœur dans sa poitrine ; deux ou trois minutes, trois éternités, s'écoulèrent ainsi.

Un grand bruit se fit sur la place du village ; avec un soupir de soulagement, Maxime leva le côté du store ; la diversion qu'il cherchait venait au-devant de lui, — mais il ne put retenir une exclamation douloureuse.

Un jeune cheval nouvellement dressé, échappé de l'écurie seigneuriale, ruait et bondissait sur la place où s'étaient réunis les enfants et les femmes ; ses ruades avaient déjà atteint deux ou trois enfants qui criaient à tue-tête. Les hommes du village étaient allés se baigner dans la rivière, et les vieillards assis sur leurs portes n'avaient ni la force ni l'agilité nécessaires pour s'emparer de l'animal, qui galopait tout enivré de sa liberté conquise.

Au moment où un petit garçon de quatre ou cinq ans se sauvait à toutes jambes vers la cabane paternelle, il fut atteint par une ruade et tomba roide, sans pousser un cri.

Orianof sauta par la fenêtre, assez élevée cependant, franchit la clôture et, courant au cheval échappé, il lui barra brusquement le passage. L'animal, surpris, secoua fièrement la tête et se détourna pour ruer; mais Orianof l'avait saisi par la crinière; d'un bond il s'élança sur son dos. Le cheval fit bien quelques façons; mais, soumis à l'habitude, en se sentant monté il se crut dompté, et, guidé par la voix, il reprit docilement le chemin de son écurie.

Les cochers négligents accouraient tout consternés. Maxime leur remit sa capture et retourna en toute hâte vers le pauvre petit blessé, que les femmes entouraient en gémissant. Il les écarta, enleva doucement l'enfant dans ses bras et l'emporta avec précaution vers la maison.

Le sabot ferré avait fait une profonde coupure à la tempe; les cheveux blonds étaient collés par le sang; les lèvres blêmes laissaient voir les petites dents fraîches et égales.

Orianof regardait son fardeau avec une douceur presque maternelle, et Tatiana, qui venait au-devant de lui, pensa que l'enfant était aussi bien dans les bras du jeune homme que dans les siens.

Sans prononcer une parole, Maxime porta le petit blessé près du puits de la cour et lui lava le visage à l'eau fraîche. Madame Souratine l'aidait; penchés tous deux sur l'enfant, ils n'échangèrent pas un mot; la mère se lamentait et les remerciait.

— Tais-toi! lui dit madame Souratine à voix basse.

La paysanne la regarda, vit dans ses yeux une expression étrangement sérieuse et douce, et se tut.

L'enfant ouvrit enfin les yeux, et une ombre de couleur revint sur ses joues. La mère poussa un cri de joie, Orianof et Tatiana se regardèrent; l'enfant était entre eux; au-des-

sus de sa tête languissante, madame Souratine
tendit la main à Maxime. Il porta cette main
émue à ses lèvres, la laissa retomber et rentra
dans la maison sans avoir rompu le silence.

— Je partirai demain, se dit-il.

Mais, le lendemain, ses chevaux n'étaient
pas encore arrivés, et il ne partit pas. Les
chevaux arrivèrent deux jours après, et
Maxime ne partit pas davantage.

XIV

Il ne partit pas, parce qu'il s'était senti
calme tout à coup. L'éblouissement de la dé-
couverte s'était changé en une lueur paisible
qui éclairait doucement sa vie sans y jeter de
trop vives clartés. « Je l'aime follement »,
s'était-il dit d'abord ; il croyait maintenant
s'être trompé. Si madame Souratine avait
changé quelque chose à ses manières ordi-
naires, l'état de trouble et de passion où il

s'était trouvé un moment n'eût pu qu'augmenter; mais, en la voyant à toute heure du jour aussi calme que précédemment, il se trouva insensiblement ramené au ton général de cet intérieur digne et charmant. En attendant son départ remis de jour en jour, ses chevaux vivaient à l'écurie en confraternité avec ceux de ses hôtes.

Un soir, en rentrant de la promenade, Souratine trouva sur la table une enveloppe majestueuse, ornée d'un large cachet.

— C'est de notre maréchal de noblesse, dit-il à sa femme; tu vas voir que c'est une invitation.

C'était en effet une invitation à dîner pour le surlendemain.

Le messager qui l'avait apportée en avait une pour Orianof; mais, comme on l'avait chargé de la porter à Orianova, il s'était bien gardé de la laisser chez Souratine. C'était un vieux soldat qui ne connaissait que sa consigne, et il était parti pour Orianova, malgré les arguments des gens de Souratine.

Après s'être suffisamment égayé aux dépens du messager :

— Ce qu'il y a de positif, dit Souratine, c'est que je n'irai pas dîner chez ce vénérable personnage; j'ai autre chose à faire. Et toi, Tania?

— Je n'en ai pas envie non plus, répondit sa femme; mais, sous un prétexte ou sous un autre, c'est la quatrième invitation que nous refusons... Je crois bien qu'il faudra que j'y aille. Décidément, tu ne veux pas venir?

— Sans la grange neuve, je n'aurais pas d'objections sérieuses; mais c'est précisément après-demain que nous devons la faire bénir; les ouvriers comptent sur leur petite fête, et tu sais quelle importance ces choses-là ont pour eux. Non, je ne crois pas que je puisse m'absenter. Et vous, Orianof.

— Moi, j'irai. La maison du maréchal de noblesse est à peu près à mi-chemin d'Oria-nova...

— En faisant un bon détour, interrompit Tatiana.

— J'en conviens, mais ce détour ne m'écarte pas de ma route d'une manière absolue, et, comme la traite est longue d'ici chez moi, ce sera un bon repos pour mes chevaux.

— Comment! vous voulez vous en aller! s'écria Souratine; encore?

— Que veux-tu? c'est une idée fixe, répondit sa femme pour le consoler; à chacun sa marotte.

— Si Tatiana Pétrovna veut bien me le per- mettre, j'aurai l'honneur de l'accompagner jusque-là; mais pour revenir..

— Vous me livrerez à mes propres res- sources? On n'est pas plus aimable. Ce n'est pas une raison pour que je ne me fasse pas très-belle à ce dîner, cependant.

— Oui, sois la plus jolie femme de toute la province, cela me fera plaisir, ajouta son mari.

— On obéira, dit-elle.

Ce jour-là et le lendemain, Orianof déploya dans la conversation des facultés qu'on ne lui connaissait pas. Histoire, musique, philoso- phie, tout y passa, jusqu'à l'économie politique.

6

Jamais on ne l'avait vu si bavard. Cette gaieté ne laissa point d'étonner Souratine.

— Je ne sais ce que peut avoir Orianof, dit-il à sa femme le soir du second jour, en prenant le thé; il n'est pas lui-même : ne serait-il pas malade?

— Si l'on était malade pour faire une grande dépense de paroles, répondit celle-ci avec sa calme ironie, nous aurions des voisins en grand danger de mourir.

Il ne put obtenir d'autre réponse. Maxime entrait dans la salle à manger.

— Est-ce décidément votre dernière soirée avec nous, Maxime? lui dit Souratine; vous ne vous laisserez pas ébranler?

— Jugez vous-même, mon ami, s'il est possible que je reste plus longtemps sans aller voir ce qui se passe chez moi! Je suis sûr que depuis plus d'un mois les paysans nourrissent leur bétail dans mes prairies. Il ne me restera pas dix charretées de foin; que je sauve au moins mon blé!

— Et votre intendant, à quoi sert-il? demanda madame Souratine.

— L'intendant? A prendre ce qui reste quand les paysans ont fait leur part.

— Le fait est qu'on a bien nettoyé votre forêt, reprit Souratine. J'ai passé par là aux premiers jours du printemps; vous n'aurez pas besoin d'éclaircir vos taillis avant une vingtaine d'années.

— Voilà ce qu'il en coûte de ne pas vivre dans ses terres, dit Tatiana sans lever les yeux.

— Oh! Tania! c'est toi qui as conseillé à Maxime d'entrer au service, de se rendre utile, et maintenant...

— Qu'importe? fit le jeune homme avec vivacité; pour sauver les quelques centaines de roubles que ces malheureux me volent annuellement, faudrait-il me mettre à faire le garde forestier, à dresser moi-même procès-verbal toutes les fois que je trouve une vache dans mon pré? Quand j'ai embrassé la vie active, je savais que mes revenus diminueraient; mais j'espérais gagner au moral de quoi compenser mes pertes matérielles.

— Vous avez bien fait, dit madame Soura- tine à demi-voix.

Maxime se tournait vers elle en ce moment et reçut en plein visage le regard de deux yeux pleins de confiance et de chaude sympathie. Sentant son propre regard mal assuré, il se hâta de détourner la tête.

— Oui, vous avez bien fait, reprit Souratine, la société y a gagné un membre actif et intelli- gent, un noble cœur, et tout le monde n'a qu'à s'en louer. Je ne fais jamais de compliments, Orianof, et cela me donne le droit de vous dire aujourd'hui ce que je pense de vous : le jeune homme que j'ai tant aimé tout enfant est devenu un homme, — un homme dans le vrai sens du mot. Il ne vous manque plus qu'une chose.

— Laquelle? dit Orianof, qui se sentait em- barrassé.

— Une jeune et jolie femme, pour...

Il ne continua pas; le visage d'Orianof avait pris une expression sévère et presque dure.

— ...Pour rester à Orianova, veiller à la rentrée des foins de M. Maxime, pendant qu'il sera à Pétersbourg? C'est fort bien pensé, dit Tatiana Pétrovna.

Souratine, étonné, regarda sa femme; elle fut une seconde sans lever les yeux sur lui, puis son visage s'éclaircit, un charmant sourire entr'ouvrit ses lèvres et elle lui enleva son verre vide pour le remplir de thé.

— Orianof a dans le cœur quelque amour malheureux, se dit Souratine; il l'aura confié à Tania; les femmes ont la main légère pour panser ces blessures-là. Je suis un maladroit!

Le soir de cette journée, Orianof rêva longtemps, assis à sa fenêtre. L'atmosphère était lourde et suffocante; des éclairs de chaleur entr'ouvraient de temps à autre un épais nuage noir rayé de bandes orangées par les reflets du soleil couché.

Maxime était oppressé au moral comme au physique.

— Demain ! se disait-il, encore quelques heures, et puis, — plus rien. Je ne reviendrai

6.

pas; on ne s'expose pas à ces choses-là de gaieté de cœur; je ne reviendrai pas tant que ce trouble ne sera pas apaisé.

Apaisé! A l'idée que cet amour, brûlant comme la passion et tendre comme la reconnaissance, pouvait cesser de vibrer dans toutes les fibres de son être, il sentit le cœur lui manquer; il posa les deux bras sur le rebord de la fenêtre, appuya la tête dessus, et ses yeux se mouillèrent de larmes qu'un scrupule d'amour-propre retint suspendues.

L'aimer ainsi était bien dur; mais ne plus l'aimer, elle, qui lui avait inspiré ses meilleures pensées, ne plus l'aimer, ce serait plus cruel que mourir!

Un éclair redoublé lui fit lever les yeux.

— S'il faisait mauvais temps, se dit-il joyeusement, je ne partirais pas... Faiblesse! je partirai quand même.

Souratine, seul, venait de tourner le coin de la maison; il s'approcha de Maxime sans être aperçu.

— Orianof, dit-il à demi-voix.

Le jeune homme tressaillit comme si le remords eût pris une forme palpable pour l'interroger.

— Que voulez-vous ? répondit-il d'une voix altérée.

— Il pourrait bien faire mauvais temps demain, vous ne partirez pas et ma femme éviterait la corvée qui l'attend : deux bonheurs à la fois !

— Je partirai quand même, répondit-il, je ne puis plus rester.

— Orianof, n'êtes-vous pas malade ? ou auriez-vous quelque chagrin ? dit Souratine en enjambant la plate-bande pour se rapprocher de lui.

Ses épaules se trouvaient au niveau de l'appui de la fenêtre ; sans l'obscurité qui croissait de minute en minute, il eût pu voir distinctement la figure du jeune homme.

— Non, merci ! je n'ai rien, répondit Orianof.

— Écoutez-moi, mon ami, nous ne sommes pas du même âge, mais nos cœurs ont toujours été unis ; jusqu'ici, vous n'avez pas eu de se-

crets pour moi, et je ne vous ai pas lassé de
mes conseils, — permettez-moi de vous rappeler encore que nous sommes amis depuis de
longues années. Si je puis vous être utile en
quoi que ce soit, mes avis et ma bourse sont à
vous; si c'est quelque peine, et que vous
puissiez me la confier...

— Merci! répéta Orianof, le cœur serré
d'une indicible émotion, je n'ai...

— Ne me dites pas que vous n'avez rien,
dites-moi plutôt que vous n'avez pas le droit
de parler, je comprendrai cela; quel que soit
votre chagrin, soyez assuré que j'y compatis...

Un éclair les inonda de lumière, un sourd
grondement se fit entendre dans le lointain;
Maxime prit la main que lui tendait Souratine.

— Merci! dit-il encore en la serrant forte-
ment; votre sympathie m'est précieuse; — je
souffre, mais je ne souffrirai pas longtemps, je
vous le promets; en vous écoutant, j'en ai res-
senti l'assurance. Matériellement, vous ne
pouvez rien pour moi; moralement, vous venez de me faire le plus grand bien.

— Allons, tant mieux! Il est tard; à demain, mon ami!

Il s'en alla lentement, relevant çà et là les fleurs penchées vers le parterre et se tournant de temps en temps vers la fenêtre de Maxime pour voir si celui-ci se retirait. Le jeune homme le suivait des yeux; quand son ami eut disparu dans l'ombre, il se jeta sur son lit, tout palpitant d'une chaleureuse émotion. L'amitié, la foi de l'hospitalité rayonnaient dans son âme d'un éclat plus vif que l'amour même. Il s'endormit, et dormit bien.

XV

Le lendemain, vers midi, les deux calèches, attelées chacune de quatre vigoureux chevaux, vinrent se ranger près du perron. En rentrant après les avoir inspectées, Souratine trouva dans la salle à manger Orianof, qui, debout, regardait cet intérieur harmonieux et calme, comme pour en emporter une image fidèle.

— A bientôt, n'est-ce pas? dit-il en posant la main sur l'épaule de son jeune ami.

— Oui, — c'est-à-dire, non... je viendrai aussitôt que je pourrai.

— Mais ce sera bientôt?

— Je vous donne ma parole de revenir aussitôt que je le pourrai, répéta Maxime en regardant Souratine avec franchise. Si vous êtes longtemps sans me voir, n'accusez pas mon amitié, mais les circonstances.

— Bien, je vous attends.

Tatiana parut sur le seuil de la porte du salon. Elle avait promis d'être la plus jolie femme de la province et elle avait tenu parole. Elle portait une longue robe blanche d'une étoffe à raies alternativement mates et satinées, habilement froissée en mille plis soyeux et contrariés. Des ornements de corail rose se détachaient partout, dans ses cheveux, au cou, aux bras; aucun détail superflu ne gâtait cet ensemble sévère et doux à la fois.

— Ces dames en périront de jalousie, dit Souratine en baisant la main de sa femme.

— J'y compte bien, répondit-elle avec son air sérieux. Aussitôt qu'elles auront cessé de vivre, je leur couperai à chacune une boucle de faux cheveux que je t'apporterai comme gage de ma victoire. Êtes-vous prêt, Maxime Ivanovitch?

— A vos ordres, madame.

— Asseyons-nous, dit Souratine. Orianof part pour un véritable voyage.

Suivant la coutume russe, ils restèrent assis quelques instants, puis Souratine se leva et tendit la main à Maxime.

— Soyez heureux, lui dit-il, et revenez bientôt avec un cœur joyeux.

Orianof, silencieux, lui serra la main, puis s'approcha de Tatiana.

— Nous partons ensemble, dit-elle.

— Mais il quitte notre maison, ma chère amie! Embrasse-le sous ton toit et souhaite-lui un bon voyage.

Les longs cils de Tatiana tombèrent sur ses

joues pâles pendant que le jeune homme incliné lui baisait la main. Elle se pencha et posa sur les boucles noires des cheveux de Maxime un baiser rapide, presque furtif. Son mari la regardait avec bienveillance.

— Allons, dit-il, tout est dans les règles, vous pouvez partir.

A leur apparition sur le perron, Grégoire fit avancer sa calèche, madame Souratine y monta. Maxime se dirigeait vers la sienne qui était un peu en arrière.

— Comment! s'écria Souratine, vous abandonnez ma femme? Avez-vous perdu l'esprit? Vous aurez bien le temps d'être seul! Montez ici.

Maxime obéit, et la calèche s'ébranla.

— Ne reviens pas trop tard, Tania! cria Souratine, pendant que Grégoire rassemblait les rênes avec précaution pour passer sous la porte étroite.

— Le plus tôt possible, répondit Tatiana en lui adressant un sourire et un signe de tête affectueux.

La journée était splendide, les symptômes alarmants de la veille n'avaient laissé aucune trace dans l'air; la chaleur était très-vive cependant, mais un vent léger agitait la dentelle blanche de l'ombrelle de madame Souratine et faisait de légères ombres sur son joli visage, qui reposait dans un petit chapeau de dentelles comme dans un doux nid. Elle avait l'air tranquille et gai.

— J'aime à aller en calèche, dit-elle à Maxime après un assez long silence; c'est pour moi une des plus grandes jouissances de l'existence; à propos, qu'avez-vous fait de votre véhicule?

— Il nous suit, répondit Maxime en se retournant. Auprès des vôtres, mes chevaux ont l'air de souris.

— C'est parce que vous n'habitez pas vos terres, fit madame Souratine en secouant la tête avec conviction.

— Voilà plusieurs fois que vous le dites; est-ce que par hasard vous me blâmeriez

7

d'avoir suivi vos excellents conseils en embras-
sant une carrière active?

— Non, répondit la jeune femme, ne le
croyez pas; vous savez que j'aime à taquiner
mes amis.

En réponse, Orianof s'inclina, et, cette fois,
la conversation tomba si bien qu'ils firent deux
ou trois verstes avant de trouver moyen de la
relever. Quand ils eurent quitté les terres de
Souratine, le mauvais état de la route leur en
offrit l'occasion. Le chemin traversait nombre
de ravins peu profonds, mais escarpés, et les
ponts qui servaient à les franchir, au lieu d'être
construits de planches bien jointes, comme
chez les propriétaires aisés, n'étaient formés
que de troncs d'arbres non dégrossis.

— C'est à rompre les jambes de ses chevaux,
murmura Grégoire en passant au pas sur un
de ces nombreux casse-cou.

— Sans compter qu'il n'y a pas de parapet,
ajouta madame Souratine. As-tu emporté des
bougies? Il faudra peut-être allumer des lan-
ternes ce soir.

— Les nuits sont claires, répondit le cocher en mettant son attelage au grand trot, mais j'ai des bougies.

— Que comptez-vous faire cet hiver à Pétersbourg? demanda Tatiana Pétrovna à son taciturne compagnon.

— Bien des choses, répondit celui-ci comme réveillé en sursaut.

Il se lança alors dans des explications, des détails, des projets, si bien qu'ils étaient presque arrivés avant que son sujet fût épuisé.

Il y avait à quelque distance de la maison du maréchal une épaisse forêt de bouleaux et d'aulnes entremêlés de quelques sapins. La fraîcheur et l'ombre étaient délicieuses après la poussière de la route.

— Au pas, Grégoire; dit madame Souratine.

L'équipage roulait sur un chemin gazonné qu'on eût pris pour une pelouse, sans les ornières qui témoignaient du passage des chariots; l'arome des bouleaux, chauffés par le soleil, se répandait autour d'eux. Maxime regardait Tatiana, qui, toute rose sous son ombrelle, aspirait l'air avec volupté; elle tourna la tête de son côté.

— Vous souvenez-vous?... dit-elle.

Elle s'arrêta et rougit.

— ... De ce jour qu'il faisait du vent dans la forêt, répondit-il.

— Oui; vous avez guéri mes pauvres malades, et je ne vous ai jamais remercié; j'y ai pensé souvent.

— Je suis tout remercié, puisque vous me le dites maintenant, et, d'ailleurs, quel mérite ai-je eu à cela? Ne vous ai-je pas dit que c'est vous...

Il n'alla pas plus loin. Autrefois, quand son cœur inconscient débordait de sympathie et de reconnaissance, il avait bien pu lui parler librement; aujourd'hui, il avait peur d'en dire trop. Pour sauver sa propre vie, il n'eût pas voulu offenser d'une parole imprudente cette femme chaste et digne qui tenait dans ses mains le bonheur de son ami.

— Plus vite, Grégoire, dit madame Souratine.

En dix minutes, ils arrivèrent au château du maréchal.

L'absence de Souratine fut longuement déplorée comme de raison, puis de nouveaux arrivants vinrent distraire l'attention des maîtres du logis, et la jeune femme resta livrée à l'admiration de ses voisins et à la jalousie de ses voisines.

La journée fut interminable; interminable l'intervalle qui précéda le dîner, servi à trois heures et demie cependant; interminable le dîner avec toutes ses pâtisseries montées et ses conversations non moins insipides que la crème fouettée de rigueur; interminable aussi, mais un peu moins, l'heure qui suivit, pendant laquelle, en attendant le café et les friandises, la société se dispersa dans les serres et les jardins. Orianof ne cessait d'être entouré; sa jeune activité l'avait mis en évidence dans la province, et c'était à qui lui demanderait comment il s'y était pris pour faire tant de choses en si peu de temps. On lui demandait sa recette comme une recette pour la lessive ou les confitures : il la donnait; mais, ce qu'il ne pouvait y joindre, c'était l'impulsion éner- gique, la décision réfléchie sans laquelle les meilleures intentions restent stériles.

Vers six heures, les vieux propriétaires étaient allés faire la sieste sur les canapés dis- ponibles de la maison ; les gens sérieux venaient de se mettre au jeu. Maxime s'approcha de Tatania Pétrovna.

— Resterez-vous encore longtemps ? lui dit-il à demi-voix.

— Je ne sais pas, — non, — pourquoi?

— Le ciel ne présage rien de bon ; le soleil vient de se couvrir brusquement; d'ici je ne puis voir l'ouest, mais je crains que nous n'ayons de l'orage.

— Bien ! faites chercher Grégoire, et dites qu'on attelle, je vous prie. Il ne faut pas don- ner d'inquiétude à mon mari.

La maîtresse du lieu, qui avait entendu ces mots, se récria d'abord, puis feignit de céder, et, retenant Orianof, elle alla elle-même donner des ordres. Au bout d'une demi-heure, ne

voyant pas annoncer sa calèche, madame Souratine se dirigea vers la salle de jeu, où elle
avait vu entrer Orianof; il n'y était pas. Le
maréchal vint au-devant d'elle et la retint pendant plusieurs minutes; après quoi, sa femme
entra tout affairée et radieuse, en disant :

— On nous sert le thé à l'instant, chère
Tatiana; un moment de patience.

Un peu inquiète, madame Souratine se rassit, tournant la tête à chaque instant du côté
de la porte.

Enfin Orianof entra, l'air sérieux, et se dirigea rapidement vers elle.

— Votre calèche est prête, madame, dit-il;
si vous voulez rentrer avant l'orage, il n'y a
pas une minute à perdre.

— Mais Tatiana Pétrovna ne peut pas partir
maintenant, s'écria la maréchale, désolée de
voir cet intrus déranger ses plans; on va
danser, elle restera et passera la nuit chez
nous.

— Pour cela, non, dit Tatiana d'une voix
douce mais résolue; je n'exposerai pas mon

mari à penser qu'il m'est arrivé un accident ; veuillez m'excuser, il est inutile de me retenir.

— Mais qui a pu faire atteler ? continuait la maréchale éplorée, j'avais défendu...

— C'est moi, madame, répondit Orianof, qui la suivait de tout près, ne grondez pas vos gens : j'ai été dénicher Grégoire moi-même.

— Et vous, monsieur Orianof, vous partez aussi ? Vous qui dansez si bien...

— Je ne danse plus, hélas ! depuis que je suis au service, dit-il pour couper court aux doléances de la digne femme, et je rentre chez moi. J'ai trente-cinq verstes à faire avant la nuit.

Les bonnes gens attristés accompagnèrent leurs hôtes sur le perron et assistèrent à leur départ. Maxime aida madame Souratine à monter en voiture, releva la capote, boucla le tablier, puis se tourna vers le couchant.

Les arbres masquaient l'horizon ; on ne voyait rien d'inquiétant, mais l'air était devenu d'une tranquillité extraordinaire : les oiseaux se taisaient, les poules de la basse-cour regagnaient leur perchoir en silence, et une sorte de clarté blafarde semblait avoir remplacé la lumière du jour. Autant qu'on l'apercevait, le ciel était complétement bleu : pas un nuage ne flottait dans l'espace ; mais cette uniformité même semblait avoir quelque chose de terne et de morne : comme pendant une éclipse, le soleil y manquait.

Maxime jeta un regard à la calèche, qui s'éloignait rapidement, et s'installa dans son équipage. Le domestique s'approcha pour relever la capote.

— Non, dit-il, je veux voir le ciel.

— Vous auriez mieux fait de passer la nuit ici, Maxime Ivanovitch, cria le maréchal, comme il s'éloignait.

Il leur fit un salut amical et appela son cocher, qui se retourna.

— Suis la calèche de madame Souratine, lui dit-il, pas de trop près ; mais ne la perds pas de vue.

— Nous aurons une mauvaise nuit, monsieur, répondit le cocher ; vous voulez aller à Orianova ?

7.

— Certainement ; tu suivras la calèche jusqu'à la croisée des routes, et ensuite nous
prendrons le chemin de chez nous.

Le cocher jeta un regard inquiet derrière
lui, et partit comme le vent dans la direction
de l'est.

XVI

Pas une feuille ne bougeait ; la poussière
soulevée par l'équipage, après être restée suspendue en l'air un instant, retombait en couche
uniforme sur le chemin. Contrairement à leur
habitude, les chevaux de volée ne galopaient
pas : ils trottaient avec ardeur, la tête baissée,
les naseaux dilatés pour aspirer le plus d'air
possible. Orianof regardait tantôt la calèche
qui le précédait à quelque distance, tantôt la
forêt qui lui cachait l'horizon. Enfin la route
gagna la plaine, il se retourna vivement et regarda derrière lui.

Un disque d'un noir d'encre occupait le bas du ciel et grandissait lentement sans rien changer à sa forme hémisphérique ; il n'occupait pas encore un espace très-considérable, mais l'azur prenait à son approche une teinte lugubre et terreuse. Le cocher se retourna, regarda le ciel et secoua la tête en murmurant :

— Cela va mal.

— Il vient droit sur nous, dit Orianof ; crois-tu que Tatiana Pétrovna puisse arriver chez elle avant l'orage ?

Le cocher réfléchit un instant : les chevaux trottaient toujours.

— Avant, dit-il, je ne crois pas ; en même temps peut-être. La dame aurait mieux fait de rester chez le maréchal.

— Crois-tu qu'il faille la rattraper et lui dire de retourner en arrière ?

Après un autre temps de réflexion :

— Non, je ne crois pas, dit le cocher, nous avons déjà fait quatre verstes, c'est le tiers du chemin, il vaut mieux aller en avant.

— Alors, presse tes chevaux, dit Orianof

qui s'assit de côté, de manière à ne pas perdre des yeux le nuage grandissant.

La calèche vola sur la route. Le calme était de plus en plus profond, le silence plus solennel. En traversant le village, ils virent les paysans qui se hâtaient de faire rentrer le bétail avant l'heure accoutumée.

— Dépêchez-vous! leur cria un vieillard assis sur un banc devant sa cabane, la nuit sera mauvaise.

— Vois-tu la calèche? demanda Maxime au cocher.

— Là-bas, dans le ravin, monsieur, à une demi-verste devant nous.

— Bien; mets au galop tes chevaux de volée.

En ce moment, le ciel était partagé en deux moitiés tout à fait égales : devant eux, l'azur assombri; derrière, le nuage. Le noyau, près de l'horizon, était d'un noir profond, sinistre, qui s'éclaircissait jusqu'au gris foncé par zones bien tranchées; une menue frange d'un fauve sombre le bordait au zénith; la masse redou-

table qui s'avançait muette dépassa un peu le
méridien. La ligne blanche de la route se
bifurquait et faisait un coude prononcé ; le
cocher se retourna et dit à son maître :

— Faut-il aller chez nous ?

Un éclair éblouissant déchira le noyau obscur, un roulement formidable le suivit ; les
chevaux, retenus, s'étaient arrêtés et se pres-
saient les uns contre les autres, saisis de frayeur.
La calèche de madame Souratine parut un instant sur la crête d'un ravin et s'enfonça dans
la vallée pour la traverser sur un des terribles
petits ponts de rondins qu'ils avaient franchis
dans la matinée.

— Non, dit Orianof, en avant ! et le plus
vite possible ; rattrape l'autre voiture.

Les chevaux reprirent leur course avec une
ardeur fiévreuse. Un coup de vent épouvantable fit craquer les arbres qui bordaient la
route, un long tourbillon de poussière s'éleva
et s'enfuit en tournoyant, une bande de cor-
beaux, chassés de leur asile, s'envola lourde-
ment vers la forêt en poussant des cris rauques

et discordants, puis le calme se rétablit. Au
bout d'un instant, un second éclair déchira
avec fracas les bandes grises du nuage; l'ob-
scurcissement envahissait l'espace, non plus
avec la lenteur pour ainsi dire méthodique du
commencement, mais avec une rapidité fou-
droyante. Un pan du ciel bleu était resté devant eux comme une porte ouverte. Arrivé au
bout de la colline, Orianof vit sur la crête opposée la calèche qui tournait à droite en suivant la pente; madame Souratine se pencha en
entendant le bruit des roues. Elle reconnut
l'équipage d'Orianof et agita son mouchoir
blanc en signe de salut. La distance à parcourir
était assez considérable entre eux à cause du
pont, mais ils se trouvaient à portée de la
voix.

— Merci! cria Tatiana.

— Allez aussi vite que possible, répondit
Orianof en se servant de ses deux mains comme
d'un porte-voix, ne ménagez pas les chevaux.

Tatiana fit un signe de tête, dit deux mots
à Grégoire, qui secoua les rênes. Le cheval de

droite fit un écart ou deux, puis rentra dans
l'obéissance, et la calèche disparut de l'autre
côté de la pente.

Un nouvel éclair, mais cette fois presque au-
dessus de leurs têtes, et la foudre tomba sur la
forêt qui se trouvait à gauche, à quelque distance, avec un bruit formidable, répercuté par
les échos des bois et des vallées. La ligne de
la rivière, aux eaux noires et frémissantes, se
dessina à leur droite. Tout à coup, le coin
bleu du ciel disparut, l'ouragan fondit sur eux,
faisant trembler la voiture, qu'il semblait vouloir arracher du sol; l'obscurité se fit soudaine,
presque impénétrable; une vapeur sulfureuse
les entoura; les chevaux, pris de panique,
bondirent en avant avec un terrible coup de
collier qui faillit disloquer l'équipage.

— Vois-tu la calèche? cria Maxime.

Un éclair coupa la respiration au cocher et
leur montra devant eux, à quelques centaines
de pas, la calèche qui semblait emportée par le
tourbillon, tant sa course était désordonnée et
rapide.

— Rattrape-la à tout prix, cria Maxime au milieu du fracas du tonnerre.

Le fouet toucha pour la première fois les nobles bêtes, qui redoublèrent de vitesse.

L'air épaissi et chargé d'électricité se refusait à entrer dans les poitrines haletantes; la foudre tombait à droite, à gauche, dans la rivière, sur les arbres qui bordaient la route, sur un village peu éloigné dont une maison s'embrasa, et la course continuait dans les ténèbres sans cesse interrompues.

— Mais nous devrions avoir rejoint la calèche, dit Maxime au bout d'un instant; prends garde de te jeter dessus.

Un éclair bleuâtre illumina toute la route, désormais en ligne droite jusqu'au village de Souratine.

— Je ne la vois plus, monsieur, répondit le cocher d'une voix pleine de terreur.

Éperdu, Maxime se jeta en avant et regarda de tous ses yeux dans l'ombre, attendant une nouvelle lueur pour distinguer les objets; la clarté ne se fit pas attendre : à droite, un peu

en avant, une masse noire, ballottée par des
mouvements capricieux et fantastiques, se dirigeait vers la rivière qui roulait des vagues
menaçantes à vingt pieds au-dessous du niveau
de la prairie.

— Elle est perdue! s'écria Maxime. Prends
à travers champs, rejoins-la !

— Je ne peux pas, monsieur, répondit le
cocher d'une voix désespérée, les chevaux ne
sentent plus le mors.

En effet, les chevaux couraient ventre à
terre vers l'écurie dont l'hospitalité, depuis
quinze jours, leur était devenue familière. Des
grêlons gros comme des noisettes les cinglaient
comme d'incessants coups de fouet, hâtant encore leur course folle; il fallait se laisser faire.
Incapable de penser ou de voir, Maxime, se
retenant instinctivement des deux mains au
siége, se laissa entraîner vers les deux torches
fichées en terre qui indiquaient la porte de
Souratine.

Le vent inclinait jusqu'au sol les longues
flammes fumeuses, l'instinct poussa les chevaux

à se serrer les uns contre les autres pour entrer dans la porte étroite, la calèche passa intacte ; au moment où l'attelage, épuisé, s'arrêtait devant la porte de l'écurie, la pluie éteignit une des torches ; l'autre, mal assurée, tomba sur le sol au bout d'un instant, et l'obscurité régna dans la cour comme sur la route. Les éclairs continuaient à fendre l'air sulfureux, violets, bleus, parfois d'une blancheur éblouissante, parfois jaune citron, et le bruit incessant semblait celui d'une grande bataille.

Au hennissement des chevaux, les gens terrifiés sortirent des communs.

— Madame n'est pas arrivée ? demanda Orianof, comme s'il conservait un vague espoir.

— Est-ce qu'elle voulait venir ? répondit le domestique étonné. Monsieur avait fait allumer des torches à tout hasard, mais il pensait que madame resterait là-bas pour la nuit.

— Elle est partie avant moi, s'écria Orianof hors de lui ; vite, deux chevaux de selle et des torches neuves. Où est monsieur ?

— Monsieur est à la vieille grange avec les

charpentiers ; le toit n'est pas bon et le vent en
a enlevé la moitié ; il pleut dans notre blé.

— Ah ! quelle nuit, Seigneur Dieu ! s'écria
une vieille femme en pleurnichant. C'est la
ruine !

— Il s'agit bien de ruine, répondit le domestique furieux ; on te dit que madame est
partie et qu'elle n'est pas rentrée ! Ote-toi de
là, vieille sotte ! S'il est arrivé malheur à madame...

Sans finir sa phrase, il courut à la remise et
revint sur-le-champ, chargé de harnais. Orianof s'était machinalement dirigé vers le perron.
Il ne sentait ni les éclairs qui semblaient lui
brûler les prunelles avec un fer rouge, ni les
grêlons qui le frappaient au visage. Ce qu'il
voyait devant lui, c'était la masse noire que
les chevaux affolés emportaient vers la rivière.

Un intervalle de calme relatif se fit entre
deux coups de tonnerre ; le domestique s'approchait avec un cheval sellé en main. Maxime
prêta l'oreille, croyant entendre un bruit de

roues. Un nouvel éclat de la foudre l'assourdit, puis mourut peu à peu ; le domestique, l'oreille tendue, écoutait aussi immobile... Le bruit des roues se rapprochait rapidement ; un craquement sinistre déchira l'air tout près de lui, la charpente de la porte s'abattit avec fracas, un cri suivit ; un éclair verdâtre, qui le fit reculer, lui montra devant lui, parmi les restes démembrés de la calèche, Tatiana debout, cramponnée au siége du cocher, roide, les yeux fixes et grands ouverts. Les chevaux, frémissants, s'étaient arrêtés devant le perron.

Maxime poussa un cri terrible de joie et de douleur mêlées, bondit parmi les débris de bois et de fer, enleva dans ses bras Tatiana toujours immobile et la porta en courant jusque dans le salon, où il la déposa sur un canapé. Une lampe baissée à demi jetait une faible lueur sur les traits rigides de la jeune femme ; agenouillé près d'elle, Maxime répétait sans le savoir :

— Vivante ! vivante !

Tatiana fit un faible mouvement, le reconnut... Ses yeux se refermèrent et elle perdit connaissance.

Souratine entra en courant et, saisissant sa femme dans ses bras, il l'accabla de caresses. Maxime le regardait faire sans émotion; il avait si bien cru Tatiana morte qu'elle lui semblait encore n'appartenir à personne. Les serviteurs s'empressèrent autour de leur maîtresse; ses vêtements étaient saturés d'eau, ses cheveux dénoués s'étaient accrochés à ses bijoux, aux boutons de sa robe; il fallait avant tout la déshabiller sans la faire souffrir; on l'emporta, Souratine la suivit, et Maxime resta seul dans le salon.

XVII

C'était là que, quinze jours auparavant, il avait senti qu'il aimait cette femme, la femme de son ami. S'il y avait eu crime dans l'amour qu'elle lui avait inspiré, ce crime était expié,

se disait-il. Expié par quoi? Il n'en savait rien ;
mais il sentait que ses souffrances avaient purifié son cœur.

— Et si elle était morte? Et si elle meurt?
se dit-il tout à coup. Pour être ici, au milieu
des siens, elle n'est peut-être pas sauvée...
Ah ! si elle meurt, sa mémoire sacrée me pro-
tégera contre les erreurs de la vie. Se peut-il
qu'elle meure?...

L'orage continuait au dehors, et il ne l'entendait plus; il prêtait l'oreille au moindre
bruit qui se faisait dans la pièce voisine, attendant un son de la voix aimée, ce son dût-il être
un cri, pour savoir qu'elle respirait encore.

— Qu'importe qu'elle vive? se dit-il tout à
coup ; peut-elle être pour moi jamais autre
chose qu'un être immatériel, une abstraction
radieuse? Qu'elle vive, pourtant ! Elle ne saura
rien; jamais ses yeux n'auront occasion de me
regarder avec colère; jamais ses lèvres ne me
blâmeront... Mais je ne partirai pas, je ne puis
la quitter, elle est la vie de ma vie; l'air nécessaire à mon existence ; je l'aime éperdûment.

Sans en avoir conscience, il était là depuis plus d'une heure, quand Souratine entra sans bruit et lui tendit la main.

— Je sais, lui dit-il, ce que vous avez fait, ce que vous vouliez faire pour elle; les gens me l'ont raconté. Je ne vous dirai pas merci: — sa voix semblait étranglée dans son gosier, et il tordait la main de Maxime sans s'en apercevoir; — je sais que de telles choses vous semblent toutes simples et que vous ne me laisseriez pas vous remercier, mais...

Il détourna son honnête visage, baigné de larmes.

— Vit-elle? demanda Maxime, qui était resté debout et immobile.

— Certainement, répondit vivement Souratine; grâce au ciel, elle n'a pas une égratignure: Quant à cela, c'est un vrai miracle; car la charpente de la porte est tombée sur la calèche. Elle a reçu une commotion très-vive, — la terreur probablement; — elle vient de reprendre connaissance, elle a reconnu tout le monde, mais il lui reste encore quelque chose de bouleversé, d'étrange... Tenez, par exemple, quand je lui baise les mains, elle les retire; quand je veux l'embrasser, elle détourne la tête; ce n'est pas naturel. Pauvre enfant, elle a dû éprouver une frayeur épouvantable!

Maxime gardait le silence. Souratine reprit au bout d'un instant :

— Au fond, comment tout cela est-il arrivé? En voyant l'orage, je n'ai pas pensé que vous puissiez revenir aujourd'hui.

— Nous étions déjà aux deux tiers de la route quand l'orage a commencé, dit Maxime avec effort. Pardon, je suis très-fatigué. Vous permettez?...

— Je crois bien! Allez, cher ami, votre chambre vous attend.

Il ouvrit avec précaution la porte qui conduisait chez sa femme; involontairement, Maxime tourna la tête de ce côté. Le lit était en face de lui; la faible lueur d'une veilleuse placée devant les saintes images jetait un reflet jaunâtre sur les couvertures. La tête de Tatiana reposait sur l'oreiller, pâle et les yeux fermés;

au milieu de ses cheveux épars, on la distin-
guait à peine dans l'ombre. Souratine ferma
la porte sans que sa femme eût fait un mouvement.

— Elle dort, dit-il, très-bien, le sommeil
est ce qu'il y a de mieux pour la remettre.
Quelle épreuve! Et moi qui ne me doutais
pas... Vraiment, on est quelquefois si bête...

Il conduisit Maxime dans la chambre bleue
et s'empressa de retourner près de sa
femme.

Resté seul, Orianof donna un tour de clef à
la serrure, puis ouvrit brusquement la fenêtre;
il étouffait.

La pluie avait cessé, l'orage s'éloignait dans
le fond du ciel; la nuit était venue et quelques
étoiles scintillaient à travers les éclaircies des
nuages encore noirs et chargés de menaces.
Des gouttes pressées tombaient l'une après
l'autre du bord du toit dans les flaques d'eau
avec un bruit régulier et monotone; l'air était
toujours chargé d'électricité; par moments un
éclair lointain illuminait les arbres du ravin en

s

face de la fenêtre, et un sourd grondement
roulait dans l'espace.

Maxime, resté debout, les bras pendants,
regardait vaguement devant lui. Tout à coup,
un frisson le saisit, il s'aperçut qu'il était
mouillé et qu'il avait froid. Cette impression
physique le ramena à la réalité.

— Vivante, vivante, se dit-il avec ivresse.
Insensé, que voulais-je de plus? Ne suffit-il
pas qu'elle continue à vivre, à éclairer de sa
grâce le monde qui l'entoure, que je puisse la
voir, l'entendre, l'aimer?... C'est assez de
bonheur, et je n'en veux pas davantage.

Il ferma la fenêtre, et, brisé par tant de
dangers, il s'endormit aussitôt.

XVIII

Les chansons des oiseaux le réveillèrent le
lendemain de bonne heure; il courut ouvrir la

fenêtre, baissa le store à moitié et se recoucha. La vie lui apparaissait douce et souriante; il avait bien dormi, la fraîcheur de la verdure humide pénétrait jusqu'à lui; les cimes des arbres du ravin recevaient un gai rayon de soleil qui passait par-dessus la maison...

— Je suis heureux, se dit-il; elle vit et je l'aime. Je reste, c'est assez!

Après avoir rêvé tout éveillé quelque temps, il s'habilla sans se presser et se dirigea vers le jardin. Le cocher d'Orianof et Grégoire étaient tous deux dans l'antichambre, prêts à faire leur rapport. La calèche de Maxime n'était pas très-endommagée, on y travaillait déjà, et une heure ou deux suffiraient pour la réparer. Grégoire, sombre et silencieux, debout près de la porte, attendait son maître. Maxime essaya de le faire parler; mais, n'obtenant que des monosyllabes, il allait renoncer à la conversation, lorsque Souratine parut. Sans mot dire, Grégoire s'inclina jusqu'à terre devant lui.

— Eh bien ! Gricha, lui dit son maître avec bonté, avons-nous de grands dommages?

— Faites de moi ce qu'il vous plaira, répondit le serviteur d'un air morne; la calèche
n'est plus bonne qu'à faire des allumettes, et
le cheval de droite est fourbu, — mais tout à
fait : il n'y a plus qu'à l'abattre. Faites ce que
vous voudrez, Elie Andréevitch, répéta-t-il en
se croisant les mains derrière le dos avec résignation.

— Allons, allons, s'il n'y a qu'un cheval de
perdu, ce n'est que demi-mal, dit Souratine
d'un air encourageant.

— Vous êtes bien bon, monsieur, mais je
sais que je suis déshonoré, je ne mérite plus
de tenir une paire de rênes dans mes mains.

— Voyons, Gricha, ne te désespère pas, tu
tu vois bien que je ne suis pas en colère; ra-
conte-moi comment tout cela est arrivé.

Grégoire hocha la tête deux ou trois fois,
regarda Maxime qui l'écoutait attentivement,
puis il commença à contre-cœur.

— Eh bien ! puisque vous voulez le savoir,
voici ce que c'est. Hier, chez le maréchal, on

nous a régalés avec de la bière, et moi, qui ne
bois jamais que de l'eau, je me suis endormi
après le dîner. Quand Maxime Ivanovitch est
venu me chercher dans la grange, j'ai senti
que j'étais en faute, et, au lieu de regarder
dehors le temps qu'il faisait, je me suis mis à
atteler bien vite. Je sentais bien que l'air n'é-
tait pas naturel, mais je me disais : Voilà ce
que c'est que de boire de la bière forte quand
on n'en a pas l'habitude ! Une fois dans les
champs, je me suis bien aperçu que ce n'était
pas la bière. Mais Tatiana Pétrovna avait or-
donné de retourner à la maison, et il fallait
obéir. Au tournant de notre pont, près du
moulin, il a fait un éclair terrible, le cheval
de droite a rué, il s'est pris le pied dans les
traits, il n'y a plus eu moyen de le retenir et il
a affolé les trois autres, qui ont couru à la
rivière. Sans un éclair qui est tombé dans l'eau
droit devant eux, nous... — il fit un geste de
la main et reprit : Dieu nous a sauvés; les
chevaux ont pris le bord de l'eau, ils sentaient
l'écurie, et nous serions arrivés assez heureu-

8.

sement, mais la porte, — ah! monsieur, cette
porte sera notre mort à tous!

— Sois tranquille, on a déjà apporté les
madriers pour la reconstruire; elle sera assez
large pour que deux voitures y passent de
front.

— Il est trop tard, monsieur. Les chevaux
ont pris la porte en travers; avec une troïka
en plein jour, c'était déjà difficile de passer;
avec quatre enragés, la nuit, et quelle nuit!...
Enfin, monsieur, il ne reste plus rien de la
calèche.

— Rien?

— Si, monsieur, le siége et les deux roues
de devant.

Grégoire croisa les bras sur la poitrine et
prit l'attitude d'un condamné à mort.

— Tu m'as ramené ma femme vivante,
grâce à Dieu...

— Grâce à Dieu, répéta Grégoire, qui fit le
signe de la croix.

— Eh bien! je ne ferai pas de peine à un
honnête serviteur qui m'a ramené ma femme

en vie quand il y avait péril de mort. Nous achèterons une autre calèche; va, et ne bois plus de bière chez personne.

Grégoire ouvrit la bouche pour parler, puis la referma ; il essuya ses yeux du revers de sa manche, s'inclina jusqu'à terre encore une fois et sortit, le cœur plein d'une indicible reconnaissance ; on lui eût dit d'aller se faire tuer pour son maître, il y fût allé du même pas.

Souratine et Maxime sortirent ensemble et s'arrêtèrent devant la porte brisée, dont les morceaux gisaient sur le gazon. En recevant le choc de la calèche, les montants vermoulus avaient volé en éclats; les charpentiers faisaient place nette pour la porte neuve; la palissade était arrachée sur une étendue considérable, et deux grands trous largement espacés indiquaient la place des nouveaux montants.

Souratine silencieux regarda un instant les débris, puis il se tourna vers Orianof; les deux amis échangèrent un regard. En ce moment, Maxime ne se souvenait plus que cet homme était le mari de celle qu'il aimait; leurs cœurs

étroitement liés pendant tant d'années s'uni-
nirent cette fois dans un commun élan de joie;
elle vivait, celle qui leur était si chère, et c'est
là qu'elle aurait pu mourir.

Nul ne sut quelle main s'était avancée la
première, mais leur étreinte fut sincère et chaleureuse.

Comme ils atteignaient la porte du parterre,
on vint demander des ordres à Souratine, qui
revint sur ses pas, et Maxime entra seul dans
le jardin.

L'orage de la veille avait laissé des traces;
la grêle avait brisé nombre de jeunes plantes;
une rose-thé avait perdu tous ses boutons, qui
jonchaient le sol à ses pieds; un oranger de
serre, en fleurs la veille, n'avait plus une seule
étoile blanche dans son feuillage sombre et
lustré; le parfum de ces fleurs à demi flétries
flottait doucement dans l'atmosphère rafraî-
chie; le gravier humide cédait sous le pas.

Deux jardiniers réparaient le désordre. Pour
les éviter, Maxime entra dans un petit kiosque
en bois découpé, tout garni de plantes grim-

pantes, s'assit sur un banc et se mit à rêver.

La fenêtre de madame Souratine était précisément en face de lui, au bout de l'allée. Cette fenêtre fermée lui cachait tout un monde. Après la première question de politesse, il n'avait plus rien osé demander à Souratine, et pourtant il lui tardait d'entendre parler d'elle. Il rêvait, et ses idées, si riantes tout à l'heure, commençaient à prendre une teinte mélancolique, lorsque la fenêtre s'ouvrit, et Tatiana elle-même, toute blanche dans son costume du matin, parut dans le cadre verdoyant.

Abritant ses yeux de la main contre l'éclat ardent du soleil, elle parcourut le jardin du regard ; à demi caché sous le rideau de plantes grimpantes, Maxime la contemplait de tous ses yeux, enivré de la voir agir, de la voir vivre. Elle disparut et bientôt il l'aperçut au bout de l'allée ; sa démarche ferme et gracieuse était alanguie, elle se penchait en avant, comme brisée par la fatigue ; sa longue robe de piqué blanc, boutonnée jusqu'au cou, faisait autour d'elle des plis sévères, que la lenteur de sa

marche agitait à peine d'un frémissement régulier.

En la voyant approcher, Maxime fut frappé
de la pâleur et de la rigidité de son visage ;
elle marchait droit devant elle en regardant
le chemin : il crut qu'elle ne l'avait pas aperçu
et qu'elle passerait sans le voir. Il eût préféré
cela ; il avait trop de choses à lui dire pour se
hasarder à rester seul avec elle ; l'idée qu'il
ne pourrait plus jamais la voir qu'en présence
d'un tiers lui glaça le cœur ; mais, en la voyant
se diriger vers lui du même pas ferme et lent,
il se leva troublé, ne sachant s'il devait l'attendre ou aller au-devant d'elle. Elle trancha
la question en relevant la tête et en le regardant avec sa franchise habituelle ; une rougeur
subite colora le visage de la jeune femme et
disparut en laissant une teinte rosée sur ses
tempes et sur son cou.

Elle entra dans le kiosque et s'assit en face
de Maxime. Sa respiration inégale indiquait la
fatigue. Cette courte promenade l'avait lassée.
Elle sourit en regardant Orianof, et ce sourire,

troublé, tendre et fugitif, bouleversa le cœur du jeune homme. Il se roidit contre lui-même, regarda madame Souratine d'un air qu'il croyait assuré, et d'une voix tremblante qu'il croyait ferme, il lui dit ;

— Comment vous sentez-vous ?

Au lieu de répondre, Tatiana lui tendit la main ; il la prit à peine, l'effleura rapidement et la laissa retomber. Son cœur semblait fondre en lui : elle était là, belle, tendrement aimée — et vivante ! La joie rentra en souveraine dans son cœur, et le rayon de soleil qui ruisselait sur le sable du chemin sembla illuminer tout son être intérieur.

Les oiseaux gazouillaient toujours, — et rien ne bougeait dans le kiosque : Maxime s'était rassis sur son banc ; Tatiana était en face de lui, sur l'autre. De temps en temps ils se regardaient, échangeaient un sourire et ne disaient rien. Il est si bon de vivre quand on est jeune, aimée, et qu'on a vu la mort de près ! Mais les lèvres souriantes de Tatiana étaient pâles, — elle avait dû beaucoup souffrir.

— Avez-vous eu grand'peur? lui dit enfin Maxime, avide d'entendre le son de sa voix.

Il lui semblait ainsi continuer une conversation commencée.

— Oui, répondit-elle. — Sa voix était moins assurée que son regard. — Deux fois j'ai cru que c'était fini.

Elle frissonna imperceptiblement, puis son sourire reparut doux et tendre avec un mélange de soumission caressante. En ce moment, elle avait l'air d'un enfant qui demande grâce; mais cette expression étrange et nouvelle disparut aussitôt.

— Et vous avez passé une bonne nuit après tant de fatigue? reprit Orianof incertain.

Ce sourire avait ramené son trouble, chassé d'abord par la limpidité du regard de Tatiana.

Celle-ci fut un instant avant de répondre. Maxime leva les yeux, elle avait encore pâli; croyant qu'elle se trouvait mal, il allait s'élancer, lorsqu'elle parla.

— Non, dit-elle, je n'ai point dormi. Maxime Ivanovitch, vous croyez que je ne suis point une femme comme les autres, — vous vous trompez. Moi aussi je l'ai cru; je m'étais dit que certaines terreurs, certaines faiblesses ne m'atteindraient jamais; je me trompais. Hier soir j'ai eu peur de mourir; cette nuit, j'ai eu peur encore...

Elle s'arrêta. Maxime la regardait; qu'allait-elle dire?

L'heure était décisive; au lieu du trouble confus qui bouillonnait en lui tout à l'heure, il se sentait devenir immobile de recueillement pour mieux entendre l'arrêt de son destin.

— Hier, vous avez veillé sur moi comme un frère : toujours vous m'avez traitée en amie; vous avez dit un jour que vous n'aviez pas eu à vous repentir de l'influence que, sans le savoir, sans le vouloir, j'avais exercée sur votre vie; — vous avez pour moi une affection solide et vive, je le sais; rien n'est perdu de tout ce que vous m'avez donné. Elle parlait par saccades, et Maxime haletant suivait les paroles sur ses lèvres. — Je suis heureuse et fière des affections que je puis inspirer autour

9

de moi; cela seul vaut qu'on vive et qu'on lutte; — et c'est parce que j'en suis fière que ce matin, après ce que vous avez fait pour moi, ce que vous avez souffert pour moi hier, je vous dis : Monsieur Maxime, partez!

Elle lui tendait les deux mains. Éperdu, foudroyé, il la regardait toujours; il vit ses yeux s'emplir de larmes et déborder soudain comme deux coupes trop pleines.

Il se précipita sur les deux mains glacées qui venaient à lui, et, pendant qu'il y plongeait son visage brûlant, il crut sentir une larme tomber sur ses cheveux. Il leva la tête, elle le regardait encore avec une expression de sincérité, d'enthousiasme et de tendresse mêlés... Dans ce regard, il lut et absorba toutes les joies du sacrifice.

— Je pars, répondit-il, merci!

Il s'éloigna aussitôt, la laissant seule dans le petit kiosque ombragé. Tant qu'il fut dans l'allée, il eut le courage de ne pas se retourner; mais, arrivé au coin de la maison, il ne put se défendre de regarder derrière lui. Elle marchait lentement le long de la terrasse ; les plis lourds de sa robe inclinaient sous ses pas les fleurettes de la bordure, qui se relevaient après qu'elle avait passé... Une angoisse extrême le prit à la gorge ; il allait retourner et lui crier : Non, je ne puis pas! Son cocher, qui venait le chercher, lui dit :

— La calèche est prête, monsieur, qu'ordonnez-vous?

— Attelle! répondit Orianof; et il rentra dans la maison.

Le déjeuner, les regrets de Souratine, le moment des adieux, tout cela passa devant lui comme un rêve. Au moment où, déjà sur le perron, il s'avançait pour prendre congé de Tatiana, Souratine lui poussa sa femme dans les bras, en lui disant :

— Sur les deux joues, comme le dimanche de Pâques ; elle vous doit bien cela!

Maxime embrassa résolûment Tatiana sur les deux joues ; son cœur était tellement engourdi par l'effort du moment qu'il ne sentit pas ce baiser ; elle n'était plus une femme pour lui, c'était l'être immatériel qu'il avait rêvé la veille... Comme il passait sous la porte neuve, déjà posée, Souratine lui cria :

— Premier à sortir par cette porte, soyez aussi le premier à revenir.

Rentré chez lui, Souratine prit sa femme dans ses bras et lui appuya doucement la tête sur son épaule.

— Ma pauvre enfant, lui dit-il, tu viens de subir une épreuve cruelle ; mais tu es jeune, tu te remettras avec le beau soleil et beaucoup de tendresse.

Tatiana, effrayée, regarda son mari bien en face ; il l'attira plus près encore et lui ferma les yeux d'un baiser.

— Tu as raison, dit Tatiana en se blottissant sur son cœur ; avec ce beau soleil et ton amour, on guérit de toutes les blessures.

XIX

Maxime roulait à travers champs. Après le premier choc, sa douleur semblait s'être pétrifiée; il ne la sentait presque pas, bien que tout son être fût en proie à une tension pénible. Les prairies étaient d'un vert splendide; les seigles relevaient peu à peu leurs jeunes épis courbés par l'ouragan; les paysans, dans les villages, travaillaient courageusement à réparer leurs toitures endommagées; au moulin, le meunier taillait à grands coups de hache une vanne neuve, pour remplacer celle que le courant avait emportée la veille.

Cette activité, non encore joyeuse, mais déjà résignée, lui fit l'effet d'un reproche; plus il s'approchait de chez lui, plus la longue leçon qu'il avait reçue sur toute la route se gravait dans son esprit.

Arrivé au sommet de la dernière montée, il vit se dessiner devant lui Orianova avec sa maison blanche, son église originale à la coupole byzantine, la longue avenue de peupliers qui bordait son ruisseau à fleur de terre, à la mode de Belgique, — c'était une fantaisie de son père, qui avait passé plusieurs saisons à Spa; — et pour un moment le sentiment de la patrie, du chez-soi, effaça tout le reste dans son âme. En passant par le village, il vit de plus près les masures décrépites de ses paysans, les toitures de chaume en lambeaux, la forêt dévastée, tous signes d'abandon et d'oubli; les petits enfants et les femmes déguenillées accouraient à sa rencontre en lui criant : Salut! seigneur!

— Vous avez raison, Tatiana, pensa-t-il; je ne m'occupe pas assez de mes terres. Vous ne me ferez plus ce reproche.

Il franchit le seuil de la maison paternelle, grave et triste, mais non pas désolé.

Août finissait ; on rentrait les avoines, et les lourds chariots se suivaient à la file le long de l'avenue de peupliers. Il était à peu près six heures, et les derniers rayons d'or rouge du soleil se jouaient à travers les osiers que bordait le ruisseau. Orianof, assis à la fenêtre, regardait passer sa moisson.

Les deux mois qu'il venait de vivre seul, mais occupé, n'avaient pas été exempts de peines : bien des fois, la nuit, parcourant la chambre à grands pas, il s'était dit : J'irai la voir demain ; et le lendemain il ne s'était senti ni le courage ni la faiblesse de retourner à ce logis, où sa présence n'apporterait rien de bon. A plusieurs reprises, Souratine lui avait écrit pour lui donner de ses nouvelles ; mais il y avait alors plus de quinze jours que Maxime n'avait entendu parler de son ami, et le temps lui paraissait long.

Il se livrait à des réflexions amères sur son isolement, lorsqu'il aperçut un messager dans l'avenue. C'était Grégoire, qui parut très-heureux de le revoir, autant que la gravité ordinaire de ses manières lui permit d'exprimer sa joie; depuis le jour de l'orage, il considérait Maxime comme un être supérieur. Le fidèle cocher était porteur d'une lettre, qu'il tira avec précaution des profondeurs de son cafetan. Maxime prit l'enveloppe, dit à Grégoire d'aller souper avec ses gens, et sortit de la maison.

Le soleil venait de disparaître. Le couchant était tout semé de petits nuages qui réfléchissaient les rayons à peine éteints. Orianof parcourait son jardin, n'osant ouvrir la lettre qu'il tenait à la main. Ce n'était pas Souratine qui avait écrit l'adresse, mais une main de femme en avait tracé les caractères fermes et menus; sans l'avoir jamais vue, il reconnaissait cette écriture. Il se décida enfin à rompre le cachet; c'était bien madame Souratine qui lui écrivait.

« Maintes fois, disait-elle, mon mari m'a assuré que là où les conseils d'un honnête homme paraissaient souvent d'une sagesse incommode, dont on se débarrasserait volontiers si l'on osait, les avis, la sollicitude d'une honnête

femme sont d'un effet puissant sur un homme
de bien. Cette idée est pour lui une conviction
si profonde, qu'à l'avenir c'est moi qu'il
charge d'entretenir notre correspondance. Il
prétend encore que vous répondrez plus régu-
lièrement, ne fût-ce que par politesse, et je
crois qu'il ne se trompe guère sur ce point.
Puisqu'un nouvel ordre de devoirs va vous
faire quitter Orianova pour Pétersbourg, vous
ne trouverez pas mauvais, pour cette fois, que
je me soumette aux désirs de mon mari en
causant un peu avec vous. »

Elle continuait ainsi pendant deux pages, et
terminait en lui disant :

« Il vous sera peut-être impossible de venir
nous voir avant de quitter la province ; mais,
l'année prochaine, nous attendons avec impatience les premiers jours du printemps pour
serrer la main de notre meilleur ami. »

Le jour baissait rapidement, les nuages d'or
s'étaient argentés, et Maxime regardait toujours les caractères indécis sur la feuille qui
portait la signature de Tatiana. La passion, la

9.

souffrance des premiers jours d'isolement
s'étaient calmées pour laisser subsister en lui
les joies honnêtes et dignes d'un devoir accom-
pli. Cette année-là devait compter pour plusieurs dans le nombre de ses jours; mais on
n'acquiert la maturité qu'en traversant de
telles épreuves, et il ne regrettait pas d'avoir
vieilli rapidement, puisqu'il se sentait meilleur.
Un chariot chargé de gerbes passa près de lui,
et le paysan qui le conduisait le salua.

— C'est le dernier? demanda Maxime.

— C'est le dernier, notre maître. Votre moisson tout entière est dans vos granges, mais non
sans peine.

— On n'a rien pour rien, répondit Orianof. Va,
mon brave, va te reposer après la journée finie.

Il marcha longtemps le long du ruisseau
creusé par son père, le long des peupliers que le
vieillard avait plantés pour ombrager le chemin.

La nuit se faisait au ciel, la fraîcheur tombait sur la terre; des tas d'herbes sèches brû-
laient au loin, laissant monter dans l'air paisible leur colonne de fumée bleuâtre; quelques

lumières brillaient aux vitres des cabanes où les journaliers prenaient leur repas du soir.

— Voici l'automne, se disait Maxime, les froids vont venir ; mais la moisson est rentrée ; tout labeur trouve sa récompense ; l'âge vient pourtant...

Il pensa à Souratine, à leur longue amitié, à la joie qu'il éprouverait à serrer la main de cet ami loyal, confiant, — confiant jusqu'à la folie, s'il eût eu affaire à un autre homme qu'Orianof ; il pensa à Tatiana et s'interrogea jusqu'au plus profond de sa conscience...

— Elle me sera toujours chère, se dit-il après un long examen ; — son cœur était un peu serré : une vague tristesse se mêlait au souvenir de cette créature aimée et inaccessible ; —je l'aimerai toujours, mais son image pure flotte désormais dans mon âme au-dessus de troubles et des angoisses. J'irai les voir, l'an prochain.

La nuit était close quand il rentra chez lui, et le ciel plein d'étoiles ; il était joyeux, malgré une ombre de mélancolie sereine qui planait encore sur lui comme un léger brouillard.

Depuis le mois de juin, il avait beaucoup rêvé, et ses rêveries avaient porté fruit; son âme s'était adoucie; il comprenait bien des erreurs pour lesquelles il avait été sévère, et le monde, qu'il voyait d'un autre œil, lui semblait désormais plus digne de compassion que de colère.

Comme il s'arrêtait sur le perron pour regarder une dernière fois la splendeur du ciel illuminé, il sentit son cœur bondir dans sa poitrine comme dans l'attente de l'inconnu.

Je suis jeune, se dit-il, enivré tout à coup, la vie est longue, et nous avons en nous une source éternelle de joie; j'aimerai encore : celle que j'aimerai, je l'aimerai à la face de l'univers entier, et c'est à vous, Tatiana, que je devrai mon bonheur, car vous avez fait de moi un homme nouveau... Puissiez-vous être aussi heureuse que vous êtes aimée!

FIN.

AUTOUR D'UN PHARE

La nuit venait; la falaise haute et droite qui reçoit les derniers rayons du soleil couchant brunissait comme la route; le bruit sourd et régulier de la mer semblait grandir à mesure que l'obscurité s'accroissait. Deux promeneurs regagnaient leur demeure, du pas alerte et mesuré d'amis accoutumés à marcher ensemble. C'étaient bien deux amis; c'étaient aussi deux amants, deux époux, mariés depuis trois ans, et plus heureux, bien plus heureux qu'au premier jour.

— Nous marchons peut-être bien vite? dit
Marcel Auvray en ralentissant soudain le pas.

Il tourna vers sa compagne son beau visage
mâle, plein d'une tendre sollicitude.

— Non, répondit celle-ci avec un sourire
heureux. Avec toi, tu sais que je ne me fatigue
pas.

Marcel pressa le bras de sa femme contre sa
poitrine, et ils continuèrent leur marche régulière et rapide.

— Tout bien considéré, fit-il au bout d'un
moment, je crois qu'il ne pleuvra pas.

Une ligne d'un jaune terne éclairait le bas
de l'horizon; mais l'obscurité tombait déjà sur
la mer; la lame déferlait contre les rochers,
roulant avec un bruit strident les galets amas-
sés dans les petites anses de la falaise. Le vent
s'engouffra dans le manteau de la jeune femme
et le lui jeta sur la tête; elle se débarrassa, en
riant, des plis obstinés qui cachaient son visage;
son mari l'aidait; quand il eut serré le vêtement autour du corps souple et élancé de sa
compagne, il prit son bras et le pressa plus

étroitement contre lui ; puis ils se remirent en route.

— J'ai eu tort de te laisser aller si loin, par ce vilain temps, dit Marcel tout en cheminant. Tu aurais mieux fait de ne pas sortir, ma chère Cécile.

— Les malheureux ne peuvent pas attendre, répondit joyeusement madame Auvray. Et puis j'aime le mauvais temps, — quand il n'est pas trop mauvais.

— Comment va ta protégée, au fait ? Je n'ai pas songé à te le demander.

— Elle va mal. Je crois bien que sa vie ne sera plus de longue durée. C'est une femme épuisée, usée par la souffrance ; — elle s'en ira comme une lampe qui s'éteint. Si tu savais, Marcel, continua la jeune femme en inclinant sa tête sur l'épaule de son mari, si tu savais comme cette femme m'aime !...

— Elle t'aime comme tous les pauvres aiment ceux qui les secourent, dit Marcel d'un ton de philosophe désabusé.

— Non, non, c'est très-mal à toi de ne voir

que ce côté égoïste et étroit de la reconnaissance. J'ai vu bien d'autres pauvres, des gens
d'ici, — ceux-là m'aimaient comme tu le dis;
— ils aimaient le bienfait, et non la bienfai-
trice; mais Madelon m'aime pour moi, c'est
moi qu'elle attend. Quand j'entre, ses yeux
noirs, profonds, qui ont dû être si beaux, se
fixent sur moi avec une expression étrange,
qui m'a fait peur d'abord, tant elle scrutait
profondément mes pensées au fond de moi-
même; puis j'ai aimé ce regard sérieux, tendre
et si triste parfois... Je sens que cette femme
m'aime, Marcel !

— Illusion d'une belle âme ! dit le jeune
mari en pressant la main de sa femme. Mais je
suis là pour modérer les débordements de
votre imagination, madame. Croyez à vos pro-
tégés, à leur tendresse, à leur désintéresse-
ment ! Je veillerai à ce qu'on n'exploite votre
charité que dans des limites raisonnables.

— M'exploiter, Marcel ! s'écria Cécile indi-
gnée. Madelon, m'exploiter ! quand j'ai si
grand'peine à lui faire accepter quelques mé-

dicaments, un peu de bouillon, quelques dou-
ceurs... Je t'ai dit qu'elle s'était mise en colère
un jour que j'avais laissé un peu d'argent
auprès d'elle. « De l'argent ! de vous à moi !
« s'est-elle écriée ; non, ma fille, reprenez votre
« argent, je n'en veux pas ! je ne peux pas
« l'accepter !. »

— Allons, fit Marcel, c'est une perfection,
cette femme ! Voilà qui est entendu... C'est
bien possible, ajouta-t-il en riant, vu qu'elle
n'est pas du pays !

— Vous êtes un méchant ! dit Cécile avec
une moue.

Marcel se pencha sur sa femme et l'embrassa
au front.

— Je ne dirai plus rien ; mais avoue que je
ne suis pas méchant, fit-il avec enjouement.

Cécile lui sourit.

La bande jaune avait disparu du ciel ; la
silhouette des rochers se confondait avec les
terres ; une frange d'écume indiquait seule la
séparation des eaux et du sol. Soudain, à un

détour de la route, Cécile tressaillit et s'arrêta brusquement.

— Le phare! dit-elle. C'est singulier; je l'ai toujours vu là, et je ne puis m'accoutumer à cette impression. Toutes les fois qu'il m'apparaît ainsi sans que j'y pense, je ressens un choc intérieur, comme une commotion électrique.

Le phare était là, en effet, devant eux, énorme, presque monstrueux. Comme ils marchaient sur la crête de la falaise, sa lanterne éblouissante se trouvait à la hauteur de l'œil et projetait partout, sur la mer toujours furieuse dans le raz, sur les roches sans cesse recouvertes par l'écume, sur les terres éloignées, sa lueur rougeâtre, immobile, implacable. Il était à plus d'une demi-lieue en mer et paraissait à portée de la main. Marcel ressentit le contre-coup de ce choc mystérieux.

— Je ne l'avais jamais vu si gros, murmura-t-il.

Ils descendaient rapidement la côte pour se rapprocher du rivage, et, à mesure qu'ils

descendaient, le phare semblait monter. Quand
ils furent en bas, Cécile poussa un soupir de
soulagement.

— Je l'aime mieux ainsi, dit-elle ; là-haut,
il m'a fait peur, oui, positivement peur !

— Peureuse ! fit Marcel en souriant. Voici
notre maison, tranquillise-toi.

Leur maison les attendait, blanche, neuve,
hospitalière ; les fenêtres de la salle à manger,
bien éclairées, projetaient sur la route leur
lueur engageante. Le joli jardinet qui précédait le logis exhalait une bonne odeur de ré-
séda ; quelques dahlias rouges brillaient çà et
là, frappés par un rayon égaré de la croisée...

—J'aime mieux cette maison que l'ancienne,
dit Cécile en franchissant le seuil.

— Laquelle ?

— L'ancienne, celle où mon père s'était marié. Tu ne l'as pas connue ; il y avait bien des
années qu'elle n'était plus habitée quand mon
père est mort. C'est mon oncle qui a fait bâtir
celle-ci à la même place. Je crois que ce sont
les mêmes pierres qui ont servi.

— Cela ne fait rien, dit joyeusement Marcel en s'asseyant devant le souper fumant; vieille ou neuve, notre maison n'est hantée que par de joyeux souvenirs, et c'est tout ce qu'il faut.

Au moment de s'asseoir, Cécile se dirigea vers la fenêtre.

— Nous aurons gros temps cette nuit, dit-elle. Regarde comme la mer saute par-dessus la jetée du petit havre ! On ne voit pas le phare d'ici.

— On en voit la lueur sur la mer, fit observer Marcel.

— Oh ! la lueur, c'est une belle et bonne chose... Les pauvres marins sont heureux de savoir où la trouver pour se préserver des écueils. C'est lui-même que je n'aime pas... cet œil immense qui vous regarde fixement.

Elle frissonna, sourit et vint s'asseoir en face de son mari, à cette table bien servie, où le linge blanc, la vieille argenterie de famille et les mets rustiques présentés dans la faïence grossière du pays donnaient la note exacte de ce bien-être campagnard fait de luxe véritable et de pauvreté apparente.

La nappe était à peine ôtée, qu'un bruit lointain se fit entendre, semblable au gronde-ment du tonnerre; le jeune homme prêta l'oreille et se dirigea vers la fenêtre. Au mo-ment où il l'ouvrait, une rafale furieuse se précipita sur la côte, faisant craquer les arbres et gémir les toitures. La lampe s'était éteinte; Marcel referma la fenêtre, non sans difficulté, et courut à sa jeune femme qui était restée pétrifiée d'épouvante.

— C'est un grain, lui dit-il, ne crains rien, Cécile.

Il sonna, la vieille servante apporta de la lumière, et le calme se rétablit à l'intérieur; la tempête rageait au dehors; la pluie fouettait les carreaux par moments, puis tout semblait s'endormir, excepté le rugissement sourd de la mer contre la haute falaise, jusqu'à l'instant où une nouvelle rafale s'abattait sur la côte.

— C'est par une tempête comme ça que votre pauvre mère est allée au ciel, madame

Cécile, dit la vieille nourrice qui était restée
avec ses maîtres auprès de la fenêtre à con-
templer les éclairs blancs jetés par les vagues
furieuses sur le fond noir de la mer.

Marcel se retourna pour lui imposer silence,
mais Cécile avait prévenu son mouvement.

— Ma mère ? dit-elle. Tu y étais, Vevette ?

— J'étais à la maison, moi ; la pauvre dame,
elle, était allée se promener toute seule sur la
falaise, comme ça lui arrivait souvent ; il est
venu tout à coup, comme aujourd'hui, un
grain qui a duré tout le jour et une bonne
partie de la nuit. Le pied lui a-t-il glissé ?
a-t-elle été surprise dans les rochers par la
marée ? le vent l'a-t-il emportée ? Personne
n'en sait rien ; toujours est-il qu'elle n'est pas
rentrée, ni cette nuit-là, ni jamais.

— On n'a rien retrouvé ? fit Cécile, les yeux
pleins de larmes.

— Quelques jours après on a trouvé sur le
galet son châle trempé d'eau de mer... C'est
votre père, mademoiselle... pardon, madame,
c'est votre pauvre père qui a été malheureux

cette nuit-là et les quatre jours qui ont suivi. Quand on lui a apporté le châle, il est resté tout debout, les bras pendants, à le regarder sans rien dire ; et puis, à la fin, il a ouvert la bouche :

— J'aime mieux cela, a-t-il dit ; au moins je sais ce qu'elle est devenue !

— Le malheureux ! murmura Marcel en prenant la main de sa femme.

Elle répondit à son étreinte. Ils comprenaient tous deux ce que pouvait être un pareil malheur.

— C'est qu'il aimait bien votre mère, le pauvre monsieur, reprit Vevette ; elle était choyée et fêtée ! Il n'y avait pas une dame du pays qui eût de plus beaux habits et de plus jolis bijoux. Il lui avait fait venir un piano, le premier qu'on eût vu par ici. On l'a vendu après lui... Ça lui a donné le coup de la mort, ce malheur-là ; jamais depuis il n'a été le même homme, et il n'a pas survécu de cinq ans.

Cécile rêvait tristement.

— Et moi, dit-elle, quand ma mère est morte, qu'ai-je fait?

— Vous, ma chère dame? Ah! vous étiez si petite! Vous n'aviez pas trois ans et demi! Vous l'avez bien demandée, pendant quelques semaines, et puis... qu'est-ce que vous voulez... on oublie... Mais vous m'avez fait pleurer bien des fois quand vous me demandiez si votre mère était partie pour longtemps!

Vevette s'essuya les yeux avec son tablier, et voulut faire bonne contenance; mais l'émotion la reprit, et elle fondit en larmes.

Cécile lui mit la main sur l'épaule; elle pleurait aussi.

— Tu l'as remplacée, dit-elle, et je t'ai aimée presque comme si tu avais été ma vraie mère. Comme c'est singulier que pendant des années on ne pense pas à s'informer de ce qui vous touche de si près!

— Mon Dieu! madame, reprit la vieille servante, on vous a mise en pension, vous n'êtes plus revenue par ici... Qui est-ce qui vous aurait parlé de tout ça?...

Un coup de vent ébranla la maison. Vevette fit le signe de la croix.

— Voilà, dit-elle, comme l'autre maison, la vieille, a tremblé toute la nuit, cette fois-là... On aurait dit qu'elle voulait sauter à bas de la falaise pour aller chercher sa maîtresse.

— Et mon père? dit Cécile, la main toujours serrée dans celle de son mari.

— Il a couru dehors presque jusqu'au matin; on cherchait de tous côtés; on avait allumé là, à la pointe, un feu énorme, avec tout ce qu'il y avait de bois dans la cour... Ça flambait haut comme la maison, et puis votre père l'a fait éteindre...

— Pourquoi? fit Marcel étonné.

— Parce que Monsieur a pensé aux marins qui étaient en mer et qui auraient pu prendre notre feu pour le phare. « Nous n'avons pas le droit, disait-il, de causer du dommage aux autres dans notre intérêt. »

— Brave homme... murmura Marcel. Le phare existait déjà? ajouta-t-il en s'adressant à la servante.

— C'était dans les premiers temps qu'on venait de le construire. Il n'y avait peut-être pas deux mois qu'il éclairait.

Cécile ouvrit une porte et se dirigea vers une fenêtre d'où l'on voyait le fanal.

La grande lueur fixe, blanche, monstrueuse et si singulièrement étouffée au sommet par les réflecteurs qui la renvoyaient à la mer, éclairait le raz, où les vagues faisaient rage. De grandes lames noires, frangées d'écume blanche, se précipitaient comme un bélier sur la colonne de granit et semblaient vouloir l'escalader. L'Océan paraissait s'acharner à détruire l'ouvrage des hommes ; un rêveur eût pensé que l'esprit du mal voulait à tout prix renverser cette œuvre du bien... De grands oiseaux de mer tournoyaient au-dessus de la lanterne, attirés par la clarté, et parfois frappaient la lanterne de leurs vastes ailes noires, avec des cris de douleur.

Cécile détourna son visage et le cacha sur l'épaule de son mari.

— J'ai peur ! dit-elle.

Il se hâta de l'emmener dans la salle à manger et ferma la porte derrière eux. Vevette retourna à la cuisine.

— Ces pauvres gens qui sont dans le phare, dit tout à coup Cécile, comme ils doivent être malheureux pendant la tempête! Tu sais, Marcel, il paraît qu'ils sont quelquefois huit jours sans pouvoir aller à terre quand il fait gros temps.

— On est parfois bien plus longtemps à bord d'un vaisseau, fit observer le jeune homme en souriant.

— Oui, mais le phare est si près de la terre... Ce doit être étrange.

— Veux-tu que nous allions le voir un jour qu'il fera beau? dit Marcel.

— Oh non! S'il venait une tempête comme celle d'aujourd'hui pendant que nous y serions!

— Eh bien! ensemble, ce serait très-agréable! Ce doit être charmant, la vie à deux dans un phare, bien isolés du monde entier, avec deux marins dévoués pour vous servir,...

— Non! non! dit Cécile en secouant la tête,
je ne l'aime pas.

Pendant cette conversation, Vevette, re-
tournée à la cuisine, s'occupait des soins du
ménage. Tout à coup la porte s'ouvrit doucement, et une tête d'enfant passa par l'ou-
verture.

— Vevette! dit-il à demi-voix.

La vieille servante se retourna en tressail-
lant.

— Qu'est-ce qu'il y a? mon Dieu! s'écria-
t-elle.

— C'est pour la dame, un paquet, donnez-le-
lui tout de suite.

L'enfant retira brusquement sa tête, jeta un
paquet dans la cuisine et referma la porte.

Vevette, stupéfaite, ramassa le petit paquet
recouvert de toile cirée, qui ne portait aucune
suscription. Elle se dirigea vers la porte, l'ouvrit et essaya de voir quel chemin avait pris le
petit messager; mais la pluie l'aveuglait, la
nuit était noire, — elle rentra dans la maison

et, après une courte hésitation, se décida à porter le paquet à sa maîtresse.

Ce fut Marcel qui le lui prit des mains. La manière mystérieuse dont cet objet leur était parvenu lui inspirait une certaine méfiance. Il l'ouvrit avec précaution et tira d'une seconde enveloppe un manuscrit dont l'encre jaunie indiquait une date relativement ancienne. Il le retourna de tous côtés : la dernière feuille portait pour suscription ces mots : « A Cécile. »

— C'est bien singulier, dit Marcel. Qui peut t'envoyer un manuscrit? As-tu des amis dans la littérature?

— Pas que je sache, répondit la jeune femme.

— Voyons ce que c'est, reprit Marcel après un moment d'hésitation. C'est d'une écriture féminine... je vais t'en faire la lecture.

— C'est une histoire, alors? fit Vevette avec dédain.

— Oui, ma bonne.

— Alors, je m'en retourne à la cuisine, dit la vieille servante. C'était bien la peine de me

10.

faire si grand'peur pour apporter une histoire! Et à cette heure-ci, encore! Et par un temps pareil! Si je retrouve le petit chrétien qui me l'a apportée, il peut être sûr que je lui tirerai les oreilles.

Pendant qu'elle s'en allait en grommelant, Marcel avait feuilleté le manuscrit.

— Les dernières pages sont d'une autre encre, dit-il. Veux-tu que je commence par la fin?

— Non pas, répondit Cécile. Il faut de l'ordre en tout; commence par le commencement.

Elle prit un ouvrage d'aiguille, et Marcel lut :

« A ma chère Cécile. »

La jeune femme leva les yeux; son mari lui montra son nom écrit de cette encre vieille et jaunie des vieux documents; elle secoua la tête d'un air soucieux et reprit son ouvrage pendant que Marcel poursuivait sa lecture.

« J'écris mon histoire parce que je ne puis

pas mourir sans avoir dit la vérité; je ne puis pas mourir sans avoir obtenu le pardon que je n'ai pas mérité, mais dont le besoin me dévore. Il faut qu'avant de fermer les yeux j'aie tout révélé, et alors je m'en irai de ce monde, pour lequel je suis morte depuis longtemps, heureuse, oui, heureuse d'un bonheur que j'ai rêvé dix-huit ans.

« J'habitais une maison blanche au bord d'une falaise. J'avais vingt-huit ans; j'étais mariée à l'homme le meilleur, le plus généreux qui ait jamais vécu. C'était un simple propriétaire campagnard; il avait reçu de ses parents la maison que nous habitions; il l'avait entourée d'un jardin, vraie merveille, où, derrière un clos de pommiers, à l'abri d'une haie de hêtres, croissaient le laurier et le myrte, aussi épais, aussi hauts que sur les bords de la Méditerranée. Il m'avait fait venir, à grands frais, des plantes exotiques, inconnues dans le pays; et, dans une serre bâtie pour satisfaire un de mes caprices, les orchidées étalaient leurs fleurs étranges.

« Mon mari était de vingt ans plus âgé que moi ; cependant il avait l'air jeune, et, quand nous traversions le pays dans la petite voiture qu'il m'avait fait venir de Paris, nous entendions dire que nous faisions un joli couple. J'avais dix-neuf ans lors de mon mariage, et mon éducation de pension parisienne m'avait mal préparée à l'existence retirée que nous menions.

« Dans une pension, si sévèrement dirigée qu'elle soit, arrive toujours un écho des bruits mondains ; les couvents à la mode ne sont pas à l'abri de cette invisible infiltration de la vie du dehors ; mes amies, en rentrant, le dimanche, me racontaient ce qu'elles avaient vu : la promenade au bois de Boulogne, le dîner de famille, parfois la petite sauterie où se réunissaient les frères et les sœurs, les cousins et les cousines... Plusieurs de ces jeunes filles s'étaient mariées : j'avais obtenu, comme récompense de mes brillants examens de fin d'année, la faveur spéciale d'assister au mariage de l'une d'entre elles.

« L'impression de cette cérémonie me resta bien longtemps et eut, je le crains, une grande influence sur mon sort. Je ne pouvais oublier l'église pleine de fleurs, les femmes parées, les grands tapis d'un rouge sombre qui couvraient le dallage du chœur, les orgues puissantes, l'encens et, par-dessus tout, la fiancée, dans un voile de tulle comme dans un nuage, agenouillée auprès de son époux, si près, que la manche de l'habit noir frôlait à chaque instant le grand voile vaporeux... et lui, ce beau jeune homme de vingt-cinq ans, tout pâle, les yeux creusés par l'émotion, les fines lèvres tremblantes sous sa moustache noire... Ce fut une révélation de l'amour, l'amour au milieu des pompes mondaines; et le désir de voir un pareil rêve se réaliser pour moi devint une part de ma vie, — la première peut-être.

« Au milieu de ces fantasmagories, la tante qui m'avait élevée depuis la mort de mes parents jugea qu'il était temps de me reprendre dans sa maison. Je rentrai dans un intérieur paisible, froid, rangé, presque monacal.

« Nous habitions Paris, et j'en étais moins près qu'au couvent. Plus de récits de fêtes, plus de babillages frivoles, le dimanche soir, dans l'ombre des dortoirs, mais la régularité d'une vie de province bien ordonnée. Ma tante habitait Paris depuis vingt ans, et n'avait jamais cessé de considérer ce séjour comme un exil. Elle parlait constamment de sa chère province, du jour fortuné qui lui permettrait d'y retourner finir son existence...

« Dans un intérieur comme celui-là, j'aurais dû étouffer mes vagues aspirations vers un milieu qui ne pouvait pas être le mien. Au contraire, je m'abandonnai plus que jamais aux rêveries qui faisaient un si grand contraste avec la réalité.

« Le salon de ma tante était le rendez-vous des gens de son pays, de passage à Paris; toute sa province y défilait, compassée et sentimentale à la fois, avec des prétentions au bel esprit, qui me semblaient ridicules et insupportables. Un seul visiteur faisait tache par la netteté de son esprit, la rondeur de ses allures,

sur ce petit monde nébuleux et gourmé tout
à la fois. Cet homme, venu pour quinze jours,
resta trois mois; et finalement, un beau soir,
en prenant son chapeau pour se retirer, il dé-
clara à ma tante, en ma présence, qu'il ne
quitterait Paris qu'en m'emmenant avec lui.

« Ma tante resta muette, les yeux grands
ouverts; et moi, plus rouge qu'une cerise, je
baissai les yeux sur mon ouvrage.

« — Comment l'entendez-vous? dit enfin
ma tante, qui revint à elle.

« — J'entends l'épouser, parbleu! répondit
notre hôte, à moins qu'elle ne me trouve trop
vilain et qu'elle ne veuille pas de moi... Qu'en
dites-vous, mademoiselle?

« Je ne savais que répondre. Ma tante me
tira d'embarras en demandant un peu de
temps pour réfléchir. Notre ami prit congé de
nous et se retira.

« Ce n'était pas l'époux que j'avais rêvé! Le
mari de mes espérances avait une fine moustache noire et des yeux légèrement cernés...
Ma tante me prouva catégoriquement que le

prétendant qui s'offrait avait une jolie fortune, un aimable caractère, une bonne santé, et que j'aurai grand'peine à trouver mieux. — D'autant plus, ajouta-t-elle, que ta dot est bien au-dessous de l'éducation qu'on t'a donnée.

« J'acceptai.

« — Tu fais bien, me dit ma tante au sortir de la cérémonie. Ton mari n'est peut-être pas plus parfait que les autres hommes, mais il a une qualité rare : il est admirablement bon.

« Oui, il était bon ! Cette bonté fut mon supplice, car jamais je n'ai compris comment elle ne m'avait pas retenue au bord de l'abîme, comment j'avais pu concevoir la pensée de troubler le repos de cet homme si noble, si confiant, si bon !

« J'étais donc reine chez lui, ou plutôt chez moi, car tout m'appartenait. Je jouais à la bergère avec les moutons de nos falaises, que je faisais soigneusement laver. Mon mari s'étant moqué de moi, je jouai à la laitière, et je fis construire pour nos deux vaches une étable modèle où elles ne purent s'accoutumer. Rebutée de ce côté, je me fis établir une volière; mais le vent de la côte, qui respectait nos arbustes, tuait mes couvées... Je commençais à m'ennuyer lorsque je devins mère. L'enfant que la Providence m'envoyait comme une consolation, comme un avertissement de devenir sérieuse, fut un nouveau hochet dans mes mains. Je voulus nourrir ma fille, cela me fatigua; le médecin me conseilla de la remettre aux mains d'une nourrice étrangère... Il avait raison, car j'étais encore plus ennuyée que fatiguée, et je n'étais pas digne de donner mon lait de femme inconstante et frivole à l'enfant qui faisait la joie et l'orgueil de mon mari.

» Il était trop bon, lui! Il eût dû me réprimander, m'obliger à remplir mes devoirs, exiger la résignation, la patience, le courage, toutes ces vertus maternelles qui étaient lettre morte pour moi... Il se contenta de sourire. — Elle est encore si jeune! disait-il à ceux qui lui exprimaient leur étonnement.

» Oui, j'étais jeune; mais bien d'autres,

11

plus jeunes que moi, vivaient d'abnégation et
de sacrifice à mes côtés. L'humble femme qui
nourrissait ma fille à ma place, après avoir
perdu son propre enfant, ne se plaignait pas
de passer les nuits debout...

» Mais rien ne devait m'ouvrir les yeux jusqu'au jour de la chute, irréparable et mortelle.

» Ma fille grandissait; elle avait déjà trois
ans lorsque l'ennui me prit tout à coup : un
ennui insurmontable, un dégoût profond de
tout ce qui m'entourait dans ma maison. La
bonté de mon mari m'apparut sous un nouveau
jour, et je le trouvai bête. Lui, mon excellent
mari, si intelligent, toujours accessible aux
idées nouvelles, aux pensées élevées! En revanche, le pays, qui m'avait paru jusque-là
sauvage et inculte, prit à mes yeux une grandeur idéale. Je m'enthousiasmai pour les
landes, pour les grèves, et je pris l'habitude
de passer les belles journées dans la falaise ou
dans les rochers que la marée laissait à décou-
vert. Mon mari, d'abord inquiet de ces prome-
nades hasardeuses, voyant qu'il ne m'arrivait

aucun mal, finit par me laisser libre d'aller et de venir dans les roches.

» Avec l'horreur que m'inspirait désormais notre demeure ornée et embellie pour moi seule par l'homme envers lequel j'étais si ingrate, je me sentais disposée à trouver magnifique tout ce qui en différait. Les îles qu'on voyait au large, et qui se dessinaient en noir sur la mer rougie, lorsque le soleil était sur son déclin, m'apparaissaient comme une terre de promission. Je bâtissais des rêveries sans fin sur ces côtes escarpées; j'y voyais une sorte d'Éden où rien n'était vulgaire, où les cris d'un enfant malade ne vous réveillaient pas la nuit, où le mari était un beau jeune homme aux cheveux noirs et bouclés... Oh! ma folie, ma triste folie! je l'ai payée, et je puis parler de ce temps d'erreur et de crime avec un cœur brisé et vraiment purifié par la douleur.

» Au premier mot de ma bouche, mon mari s'empressa de m'emmener visiter ces îles merveilleuses, et l'enchantement disparut. C'était

merveilleux en vérité, mais c'était la vie
réelle : les rochers étaient semblables à ceux
de nos falaises; on y couchait dans des au-
berges, — et je voyageais avec mon mari.

» Je regrettai mes illusions, et je m'en pris
à celui qui, bien sans s'en douter, me les
avait fait perdre. Je finis même par m'apercevoir que si la vie me paraissait terne et maussade, c'était sa faute, à lui, le mari. Lui, plus
âgé que moi, aimant ses aises là où j'aurais
voulu l'élégance factice et empruntée des cita-
dins; lui, qui aimait l'enfant pour lequel j'étais
indifférente et dont les caresses étaient un reproche muet à ma froideur; lui enfin, qui
était le mari de quarante-cinq ans, sérieux et
raisonnable, là où j'aurais rêvé un jeune amant
romanesque et sentimental!

» Au retour de notre voyage, désabusée de
la nature, je me rejetai vers la société. Depuis
longtemps, par un dédain qui contrariait mon
mari, je n'avais rendu de visites dans le pays.
En quinze jours, je fis le tour de la contrée et
je mis nos chevaux sur les dents; je poussai

même jusqu'à la sous-préfecture. J'appris bien des nouvelles, mais elles n'étaient guère de nature à m'intéresser; cependant je continuai à faire des visites et à en recevoir. Non que les visiteurs fussent de mon goût, mais, dans mon besoin maladif d'émotions, j'avais appris à aimer le soubresaut que me causait le bruit des roues en approchant de la maison. Il me semblait alors qu'il allait arriver *quelque chose.* Hélas! il arriva quelque chose en effet.

» Un jour, la femme d'un des notables de la ville, ami de mon mari, nous arriva en calèche, accompagnée d'un jeune homme que je ne vis pas bien d'abord. En mettant le pied sur le marchepied, elle nous dit : « Je vous amène » un hôte que mon mari vous envoie, M. Al- » bert B..., ingénieur en second pour les tra- » vaux du phare. »

» Le jeune ingénieur était descendu, je le regardai, et je reculai involontairement. Il avait les yeux cernés et les cheveux noirs de mon rêve, et le regard qu'il jeta sur moi me fit battre le cœur d'une manière folle. On entra, on causa; mon mari, enchanté d'avoir avec qui échanger quelques idées, s'était emparé du jeune homme, me laissant la visiteuse, qui, d'ailleurs, parlait pour deux, et je pus examiner notre hôte.

» Il était beau, jeune et intelligent. Sa venue dans notre maison apportait un élément nouveau. J'avais peur de lui, et cette crainte instinctive, au lieu de me garantir, me poussa plus sûrement vers le précipice. Je jouais avec ma crainte, me fondant sur elle pour m'empêcher d'aller plus loin... Quelle erreur! Et quelle expiation!

» On me parla du phare. Ce travail gigantesque allait être terminé; on achevait de poser la lanterne, et dans quelques jours on se proposait de l'inaugurer. Mon mari fut invité à assister à la cérémonie; il accepta de grand cœur, et M. B..., se tournant vers moi, ajouta avec politesse :

» — Je regrette que les dames ne doivent pas assister à cette cérémonie; sans cela, madame...

» Je rougis, je balbutiai une réponse et je trouvai un prétexte pour sortir.

» Le jeune ingénieur revint souvent. Le phare n'était pas loin de notre maison : un kilomètre seulement nous séparait du petit port où l'on s'embarquait pour s'y rendre. Albert venait dîner ou souper chez nous, suivant les heures de marée, avant ou après ses visites, qu'il avait soin de multiplier. L'inauguration eut lieu ; mon mari en revint enchanté, me faisant des récits qui piquèrent ma curiosité.

» — Si tu veux le visiter, me dit-il, rien de plus facile, nous irons ensemble.

» — Merci ! lui répondis-je sèchement.

» Je me rappelais la désillusion de notre voyage aux îles, et j'étais bien décidée à ne plus m'exposer à pareil désenchantement.

» Le phare prit tout à coup à mes yeux une importance prodigieuse. J'allais tous les jours m'asseoir dans la falaise sur un rocher d'où on le voyait presque à portée de la main, et je passais des heures en contemplation devant la

colonne de granit, presque blanche encore,
mais d'un blanc rosé tendre et doux que les
rayons du soleil couchant transformaient en
rose vif. J'aimais surtout l'heure où la lampe
s'allumait pâle comme une étoile sur le ciel
encore bleu; la nuit venait peu à peu, assom-
brissant la côte; l'étoile devenait un foyer
éclatant dans l'obscurité croissante, et je ne
sais pourquoi je me sentais émue à la pensée
que cette œuvre de salut était l'œuvre des
hommes.

» Des hommes! non, car bientôt dans ma
pensée l'image d'un seul emporta toutes les
autres. Le phare, dans mon esprit troublé,
devint l'ouvrage, la propriété de M. B... L'ingénieur en chef, que nous avions vu deux ou
trois fois, était parti, appelé par d'autres travaux, laissant à son second la surveillance des
installations définitives; je m'enfonçai peu à
peu dans mon rêve, et j'en vins à considérer
Albert comme un être supérieur, une sorte de
demi-dieu qui dispensait la lumière et le salut
aux marins perdus sur la mer.

» Un jour qu'il avait quitté le phare de bonne heure, il se fit déposer sur les rochers et se dirigea vers notre maison par le chemin de la falaise. J'aurais dû le précéder au logis, — je l'attendis dans le creux du rocher où je venais de passer trois heures sans ennui.

» — Vous étiez là? me dit-il en souriant.

» — Depuis bien longtemps, répondis-je sans penser à ce que je disais.

» — Alors, vous m'avez vu venir?

» Je fis un signe de tête affirmatif.

» — Et moi, dit-il, en s'asseyant auprès de moi sur la pierre chauffée par le soleil, je suis venu parce que j'avais vu votre robe blanche se détacher sur la falaise, — parce que je savais que vous étiez là... Du phare où je travaille, je vous vois tous les jours avec la lunette d'approche; je connais vos mouvements, vos habitudes, continua-t-il; je vous vois quitter la maison, marcher de longues heures dans les rochers, et venir vous asseoir ici, d'où vous contemplez la mer, la mer toujours inquiète, toujours mélancolique, comme vous... et dont

11.

la plainte éternelle peut seule faire écho à celle
de votre âme.

» Je fis un mouvement pour me lever,
comme le commandait le devoir, mais un mouvement si faible qu'il n'eut pas de peine à me
retenir. Ce pathos, qui eût dû me faire rire,
faisait passer en moi un frisson délicieux.

» — Oui, continua-t-il en se rapprochant,
vous êtes malheureuse parce que vous vivez
dans un milieu qui n'est pas le vôtre. La nature
vous avait créée plante de serre, et l'on a voulu
faire de vous une bruyère des landes; vous
vous étiolez ici ; sous un autre ciel vous eussiez
prospéré.

» Ces paroles traduisaient si bien ma pensée
secrète, que je ne pus retenir mes larmes. Il
me prit la main pendant que je détournais la
tête.

» — Et moi, de ce phare où mon devoir me
retient, je vous contemple, j'admire la grâce
de vos mouvements, je m'afflige à voir la tristesse de votre démarche, je vis avec vous, je
souffre avec vous parce que je vous aime...

» Il parla longtemps ainsi ; je le laissai dire. Toutes les pensées mauvaises de ma vie, toutes les velléités d'orgueil, de haine, de mépris pour mon entourage prenaient un corps en passant par sa bouche. Il avait compris ma faible et misérable nature, il avait deviné les paroles qui pouvaient me prendre, et il récitait, tout fait, ce roman qu'il avait probablement récité à d'autres, aussi faibles, aussi misérables que moi, et qu'il avait séduites comme il allait me séduire !

» Et dire que c'est avec cela qu'on nous prend, nous autres poupées de couvent ! Un monsieur qui parle bien, avec des cheveux lustrés et des ongles élégamment taillés, peut causer la perte d'une femme et la mort de son honnête et généreux mari ! Folie ! erreur et folie ! notre monde n'est fait que de cela !

» Je le laissai dire, je lui laissai prendre et baiser mes mains, quand j'aurais pu, d'un léger mouvement, l'envoyer rouler en bas de la falaise ; je revins vers la maison avec lui, je rencontrai ma fille et je l'embrassai. — Oui,

j'osai l'embrasser! et je parlai sans contrainte
avec mon mari.

» Je ne me sentais pas criminelle. Nous n'a-
vions causé que d'amitié, cette amitié ambiguë
qui parle comme l'amour, en attendant qu'elle
agisse de même. Il m'avait répété cent fois
qu'il aimait et estimait mon mari, bien que le
pauvre homme fût incapable de me comprendre; que son affection discrète et dévouée
n'avait pour but que de me donner cette part
de sympathie sans laquelle la lumière même
du jour est sans prix à nos yeux... Il m'avait
si bien leurrée, que je me trouvais innocente.
Que m'avait-il dit que je ne me fusse répété
cent fois? De nous deux, le serpent tentateur
n'était pas le plus coupable. N'était-ce pas
moi-même qui l'avait méprisablement tenté ?

» A partir de ce moment, je le retrouvai
dans les roches, d'abord rarement, puis presque
tous les jours. Le temps était changeant, les
approches de l'équinoxe occasionnaient des
sautes de vent imprévues; parfois nous nous
réunissions par un temps serein, et, moins

d'une heure après, les vagues venaient nous couvrir d'écume jusque dans notre abri de la falaise. Je trouvais une volupté extrême à voir la mer en furie à quelques pieds de nous, et moi, blottie dans ses bras, je me sentais aussi en sûreté que dans ma maison. Tout ce que les romans malsains que j'avais dévorés avaient laissé de levain dans mon esprit fermentait et faisait monter à mon cerveau l'écume des passions mauvaises. Il le savait bien, le misérable ; il n'attendait que l'occasion pour s'assurer d'une proie dont il était déjà maître.

» Un jour, il vint à notre cachette plus tard que de coutume ; mes nerfs excités par l'attente se détendirent à sa vue, et je me jetai dans ses bras en pleurant. Au lieu de me rassurer, il me serrait sur son cœur en silence. Effrayée, je levai les yeux, et je vis sur son visage l'expression d'une profonde douleur.

» — Qu'y a-t-il ? mon Dieu ! m'écriai-je.

» — Il faut que je parte, me répondit-il d'une voix altérée. Le phare fonctionne parfaitement, les deux mois d'essai sont expirés, je suis appelé à d'autres travaux. Je pars après-demain pour Paris.

» Je m'affaissai sur le rocher. J'aimais éperdument cet homme ; je l'aimais avec ma tête, j'en conviens, mais, à ce moment-là, j'étais incapable de m'en rendre compte.

» — Et moi ? murmurai-je, désolée.

» — Vous ? vous m'oublierez, répondit-il d'une voix stridente. Vous ne vous souviendrez plus de moi avant la fin de l'année.

» — Oh ! fis-je, blessée au cœur.

» — Certes ! m'avez-vous jamais aimé ? Ai-je reçu de vous une seule preuve d'amour ? N'avez-vous pas opposé sans cesse à ma tendresse les obstacles que vous suggérait non votre pudeur, mais votre égoïsme ? On n'aime pas, quand on aime comme vous... Je vais souffrir dans mon exil... mais vous !...

» Il détournait amèrement la tête ; c'est moi qui le contraignis à me regarder, à nouer ses bras autour de moi ; c'est moi qui cherchai ses lèvres avec les miennes !

» Je vous écris tout cela, Cécile, pour que

vous sachiez bien jusqu'à quel point un homme peut être fourbe et une femme peut être folle. Que cette cruelle leçon serve d'exemple à celles qui n'ont pas encore failli !

» Il voulait me quitter.

» — Adieu, dit-il, je ne vous verrai plus.

» — Pas ainsi, m'écriai-je, pas encore. J'ai mille choses à vous dire ! Nous devons nous revoir, — nous ne pouvons nous séparer ainsi, — vous m'écrirez, il faut nous entendre...

» Il me montra du geste la marée descendante, qui laisserait son canot à sec dans quelques instants et lui couperait la possibilité de retourner au phare sans que sa présence fût connue au village.

» — Écoute, m'écriai-je affolée en m'accrochant à lui, il faut que je te voie encore...

» — Vous ne m'aimez pas, répondit-il froidement.

» — Où tu voudras, quand tu voudras... mais je ne puis te quitter ainsi.

» Le triomphe se peignit sur son visage, il m'étreignit dans ses bras.

» — Ah! tu m'aimes! s'écria-t-il avec trans-
port.

» Il était si beau en ce moment que je per-
dis complétement la raison...

» — Demain, reprit-il, à la marée haute, je
viendrai te chercher en bas, avec le canot, et
je t'emmènerai au phare.

» — Au phare? dis-je avec une délicieuse
angoisse.

» — Oui, au phare : là, je suis le maître et
nous serons seuls. Les deux matelots qui le
gardent me sont absolument dévoués : d'ailleurs, j'en renverrai un à terre. Le règlement
porte que deux hommes doivent habiter le
phare, j'en serai un pour ce jour-là. J'apporterai une cape cirée, tu t'envelopperas, et nul
n'en saura rien.

» — Mais, fis-je, non sans inquiétude, pour
revenir?

» — Au bout de trois heures, après la marée haute, le courant se rétablit, il sera environ cinq heures du soir, je te ramènerai ici,

et tout le monde croira que tu as passé la journée dans la falaise, comme d'ordinaire.

» L'admirable ordonnance de ce plan ne m'inspira point la pensée qu'il était trop parfait pour n'avoir pas été conçu d'avance, tant j'étais aveuglée; j'acquiesçai à tout et je laissai partir M. B...

» Je rentrai au logis comme dans un rêve; mon mari s'était fait à mes airs absorbés; il m'en raillait bien un peu, mais avec cette bonhomie qui le rendait si sympathique aux yeux de tous, si vulgaire aux miens. Je prétextai d'ailleurs un mal de tête, — c'était une excuse dont je m'étais souvent servie depuis deux mois, et je me retirai.

» Je me demande parfois d'où vient que rien ne vous avertit, rien ne vous arrête au bord du précipice; est-il possible que l'homme doive ainsi rouler vers l'abîme, et que rien ne lui ouvre les yeux! Mais c'est à nous de nous garder nous-mêmes; sans cela, à quoi bon la conscience?

» J'allais commettre une faute; pourtant je

ne pensais pas à l'adultère ; mais l'adultère, suivant la parole de l'Écriture, était déjà commis dans mon cœur. J'avais tellement vécu dans le rêve que je n'avais plus conscience des réalités. Ce n'était pas le démon des sens qui me poussait à ma chute, c'était celui de l'orgueil. Je m'étais crue supérieure à ceux qui m'entouraient... De quelle humiliation n'allais-je pas payer ma faute !

» Le jour vint, puis midi sonna ; j'assistai au repas de famille avec l'apparence du calme, puis je revêtis une robe de couleur sombre et je me dirigeai vers la falaise. Mon mari m'arrêta sur le seuil.

» — Je crains que le temps ne se gâte, me dit-il doucement.

» Je jetai un coup d'œil aux nuages qui filaient rapidement vers le nord-est.

» — Je ne crois pas, répondis-je.

» — Enfin, ajouta-t-il en souriant, si la pluie te surprend, tu connais le chemin de la maison. Va, mon enfant, me dit-il ; et il posa un baiser sur mon front.

» J'aurais dû me précipiter à ses genoux, lui crier : — Défends-moi contre moi-même !... Je n'en fis rien. Cependant, une bonne pensée me vint. Je remontai à la hâte dans ma chambre, je me jetai à genoux devant la croix, et je priai Dieu de me permettre de revenir pure au logis conjugal. Pure ! et j'étais déjà perdue !

» Je rencontrai ma fille, — je ne la cherchais pas. Je l'embrassai à la hâte, et je m'enfuis en courant vers la falaise.

» Il m'attendait comme il l'avait dit. J'endossai la grosse cape de matelot, et vingt minutes après, nous abordions au pied du phare. Je montai en courant les quelques marches qui conduisaient à la plate-forme ; puis, à l'abri du parapet, je regardai craintivement dans la direction de notre maison. Un homme que je reconnus pour mon mari, à sa tournure et surtout au large chapeau de paille qui faisait tache blanche, allait et venait dans le jardin... J'eus peur ét j'exprimai mon inquiétude.

» — Ne crains rien, me dit en riant M. B... Quand bien même il regarderait par ici, il ne

pourrait pas se douter que c'est toi qu'il
voit.

» Cette aisance d'esprit, ce tutoiement fami-
lier me causèrent un certain malaise. La circonstance était trop grave pour prêter à rire,
et le mot « toi » me sembla trop sacré pour
être employé à la légère ; mais M. B... m'en-
traînait dans l'escalier, et l'étonnement me fit
oublier cette impression désagréable.

» Nous montâmes rapidement l'escalier tournant, étroit, aux marches hautes, qui me
donnait le vertige ; arrivée au premier palier,
je vis une porte donnant dans une petite pièce ;
je voulus entrer, mais M. B... m'entraîna vivement plus haut. Au second palier, je me
sentais épuisée, il m'enleva dans ses bras et
me porta jusqu'au troisième étage.

» Une petite cabine, étroite comme dans
un vaisseau, était éclairée par une fenêtre
taillée dans l'épaisseur du phare. Les murs et
le pavé de granit me firent penser à un sarco-
phage, une étroite couchette s'enclavait dans
le mur entre la fenêtre et l'entrée...

» — Voici mon royaume ! dit M. B... en refermant la porte.

» J'entendis le bruit des pas du matelot décroître dans l'escalier tournant. Je regardai autour de moi; la mer apparaissait par la fenêtre, non pas bleue comme la veille, mais presque noire.

» — C'est à cause de la hauteur, me dit évasivement M. B... Tu es à moi ! fit-il avec passion en me serrant dans ses bras.

» — Non ! non ! m'écriai-je, je veux m'en retourner tout de suite.

» — C'est impossible, répondit-il sans se troubler; la marée ne le permettra pas avant trois heures.

» Trois heures ! je frémis; je le savais pourtant. Qu'avais-je donc espéré ? Jouer avec le feu ! Il était trop tard, et mon heure était venue... M. B... à mes pieds me suppliait; l'élément romanesque qui avait eu tant d'importance dans ma vie conspirait contre moi; je luttai quelque temps, et enfin je tombai vaincue.

» Pendant que je pleurais ma défaite, la

honte que je sentais déjà, le remords de la chute m'étreignit douloureusement le cœur. M. B... essayait de me consoler, mais les larmes ne voulaient pas s'arrêter.

» — Ramenez-moi chez moi, lui dis-je; là seulement je pourrai réfléchir et me calmer..., ici je souffre, j'ai honte!...

» — Dans une heure, répondit-il, pas avant, nous pourrons partir. Et il retomba à mes pieds avec des protestations d'amour qu'en ce moment-là je dus croire sincères.

» Je l'écoutais, me forçant à l'entendre, mais, au fond, préoccupée de la manière dont j'allais saluer la maison conjugale, quand j'entendis tout à coup un bruit formidable, et le phare trembla sur sa base.

» — Qu'y a-t-il? m'écriai-je, et je me précipitai vers l'étroite fenêtre.

» La mer affolée, toute noire à quelques mètres et complétement blanche d'écume sur les rochers, se précipitait avec des coups furieux sur le soubassement du granit. La frêle coquille de noix qui nous avait amenés avait disparu.

» — Qu'est-ce que cela veut dire ? cria
M. B... dans l'escalier du phare.

» La voix du matelot nous arriva lointaine,
et comme sortant d'une cale de vaisseau.

» — C'est un grain, monsieur, répondit-il,
ne craignez rien, j'ai sauvé le canot.

» M. B... poussa un soupir de soulagement.

» — Attendez-moi, me dit-il, je vais aux
informations.

» Il disparut dans la spirale du granit, et
moi, misérable, désespérée, je restai près de
la fenêtre, les mains pendantes, avec un frisson
d'horreur qui me passait sur le corps de temps
en temps.

» L'attente, courte en réalité, me sembla
interminable. Au bout d'un instant, M. B...
reparut très-pâle et très-ému.

» — Je suis désolé, me dit-il, les éléments
sont contre nous... C'est un grain qui ne sera
pas de longue durée, mais il n'est pas pro-
bable qu'avant quelques heures la mer soit
navigable.

» — Quelques heures ! m'écriai-je, mais il

fera nuit... Il faut que je retourne au logis sur-le-champ !

» M. B... haussa les épaules, plus de chagrin que de pitié.

» — Je n'y puis rien, dit-il avec l'expression d'un regret véritable. Voyez vous-même !

» Je regardai encore la mer : le vent semblait vouloir la retourner sens dessus dessous. Elle s'avançait, rapide, avec des ondulations de serpent, sur les grands rochers, puis reculait tout d'un coup, et, ramassant toutes ses forces, se précipitait comme un bélier sur la porte du phare.

» Celle-ci résista pendant quelques assauts, puis on l'entendit gémir, et, après un choc plus violent que les autres, elle céda avec un bruit formidable de madriers brisés et de ferraille tordue.

» — C'était une bonne porte en cœur de chêne, dit le matelot qui nous avait rejoints : ça fait la seconde que la mer nous prend depuis deux mois. Je crois bien, monsieur, qu'il faudra renoncer à en avoir une.

» — Pensez-vous que la tempête dure long-temps ? demandai-je à cet homme.

» Son regard erra de l'ingénieur à moi ; il hésita un instant et finit par dire :

» — Je ne sais pas.

» M. B... se dirigea vers la partie supé-rieure du phare. Je le suivis machinalement : il ouvrit une porte, et la tempête me souffleta en plein visage. Le vent s'engouffra aussi-tôt dans l'escalier comme dans un 'uyau d'or-gue, et une clameur longue, désespérée, s'é-leva vers le ciel, comme celle de mon honneur perdu.

» J'étais sur le balcon. L'ouragan m'arra-chait mes nattes et m'en fouettait le visage ; je me cramponnai à la balustrade de fer, sans quoi j'eusse été enlevée comme une plume. Quel spectacle ! La mer furieuse me semblait acharnée contre moi ; elle venait venger mon mari et laver ma souillure dans ses flots puri-ficateurs ; j'eus envie de lâcher le balcon et de lui dire : — N'attends pas davantage, prends-moi ! L'instinct de la conservation me retint.

12

» — Rentrons, me dit M. B..., en me prenant la main pour m'entraîner.

» Je résistai en secouant la tête ; j'avais
porté mes regards vers notre maison. Le vent
arrachait les toitures de chaume des cabanes du
village, les arbres se courbaient jusqu'à terre
sous l'effort de l'ouragan, le bétail se hâtait
vers les étables, des tourbillons de paille et de
poussière passaient de temps en temps comme
des nuages entre la terre et moi... Je vis un
homme sortir de la maison et regarder vers la
falaise en abritant ses yeux de sa main. C'était
mon mari ; il me cherchait des yeux... Ma
fille vint à son côté ; il s'inclina vers elle pour
la caresser, la fit rentrer dans la maison et se
remit à scruter la falaise... Mon cœur se brisa.

» — Pardonne-moi, pardonne-moi ! m'écriai-
je en tombant à genoux, le front battant sur
les barres de fer de la balustrade. O cher mari,
le meilleur, le plus vénérable des hommes,
pardonne-moi ! Je suis punie !

» La pluie s'abattit furieusement sur nous.
M. B... me fit rentrer ; et je retournai à cette

cabine sombre, que j'avais considérée dès en entrant comme un cercueil.

» — Je veux partir, lui dis-je en tournant vers lui mes yeux dilatés par l'horreur.

» Il se mit à genoux devant moi et me demanda pardon.

» — C'est donc impossible ? lui dis-je en me tordant les mains.

» Il secoua la tête. Je me laissai retomber sur la chaise.

» L'obscurité était venue bien vite, une nappe de lumière tomba sur la mer bouillonnante et pénétra jusque dans la chambre de granit. Le matelot venait d'allumer le phare.

» — Ma fille ! m'écriai-je soudain.

» Jusque-là j'avais bien peu pensé à ma fille; l'image de mon mari avait dominé le péril de toute la hauteur de l'époux offensé; mais à cette heure où l'enfant rentrait d'ordinaire après sa promenade, je crus sentir ses petites mains tirer sur ma robe pour obtenir le baiser habituel, et je sentis que j'aimais mon enfant. Mes larmes ruisselèrent de nouveau, mais cette fois plus amères encore. Il me semblait mener le deuil de tout ce que j'avais aimé.

» M. B... essaya de me calmer, mais ses caresses, pour lesquelles je venais de perdre tout mon bonheur, me firent horreur; elles m'avaient coûté trop cher.

» — Misérable ! lui dis-je, vous m'avez perdue, et vous ne m'aimez pas ! Si vous m'aviez aimée, vous n'auriez jamais pensé à me faire courir ce danger ! Vous n'aimiez que vous-même, et votre caprice d'un moment a brisé mon existence !

» Il baissa la tête, sentant la justesse de mon reproche. Cet homme n'était pas méchant; mais la vie mondaine, qui m'avait gangrenée, l'avait aussi perverti.

» La nuit était tout à fait venue, l'humidité pénétrait nos habits, la pluie qui cessait par instants reprenait en rafales furieuses. Nous avions froid, il fallut monter dans la lanterne pour nous réchauffer au feu du phare.

» Quelle nuit ! les oiseaux tourbillonnaient

autour du brasier avec des cris sauvages;
leurs grands coups d'aile faisaient parfois voler
des éclats de cristal, et en bas l'Océan recom-
mençait sans cesse son escalade furieuse contre
le phare; les lames sautaient jusqu'à moitié de
sa hauteur et retombaient en pluie d'écume.
Vers neuf heures, je vis un fanal s'élever près
de notre maison; il brûla une heure, puis
s'éteignit. Était-ce pour moi qu'on l'avait allumé ou pour quelque barque en détresse? »

A cet endroit du récit, Marcel s'arrêta. Sa
femme, qui ne travaillait plus depuis quelque
temps déjà, le regardait en silence.

— C'est bien étrange, fit Marcel.

— Continue, répondit Cécile, qui joignit les
mains.

« Vous qui lirez ceci, comprenez ma torture
et mes angoisses. Pendant la nuit, nous en-
tendîmes plusieurs fois le canon d'alarme.
Vers deux heures, dans le raz blanchissant,
nous vîmes passer une forme noire, éclairée à
deux ou trois reprises par la lueur d'un coup
de canon. La masse confuse alla se perdre sur

12.

quelque écueil, et les cris de l'équipage ago-
nisant furent étouffés par ceux de la tempête.
Mais qu'était la plainte des mourants auprès
de ma lente agonie, à moi? Le ciel blanchit, le
jour se leva dans un ciel tourmenté, et ce jour
ne m'apporta point ma délivrance.

» J'avais pensé et souffert, pendant ces longues heures, tout ce qu'on peut souffrir sans
tomber foudroyé. Revenir à la maison, après
cette absence de vingt-quatre heures, était
impossible. Si je savais dissimuler, je ne savais pas mentir. Hélas ! pourquoi mon mari ne
m'avait-il jamais demandé la cause de mes
longues stations à la falaise ? je lui eusse peut-
être avoué mes rêves ! Mais à cette heure, où
j'avais l'esprit troublé par tant d'angoisses ,
échafauder une histoire invraisemblable, répondre à toutes les objections imprévues, rou-
gir et trembler sous l'œil de l'époux outragé?
Jamais !

» Et quand, dans sa confiance aveugle, il
eût cru à mon mensonge, ou quand, devinant
la vérité, il eût daigné feindre de me croire,

— quand même je lui eusse tout avoué, et quand sa bonté surhumaine eût pardonné et enseveli dans le silence de l'oubli ma faute déjà châtiée, — comment vivre en sa présence avec cet opprobre sur moi ? Comment reparaître dans ce pays ? Comment expliquer non à un seul, mais à tous, ma disparition mystérieuse ? Mon mari ne devait pas être soupçonné d'infamie, et, en voyant s'écouler les heures qui me séparaient de plus en plus de mon foyer, je pris une résolution immuable.

» — Ils me croient morte, dis-je à M. B... lorsque le soir de ce second jour commença à rembrunir le ciel. Tant mieux ! désormais je suis morte pour eux comme pour le reste du monde.

» — Mais je vous aime ! s'écria cet homme au désespoir, je vous aime !

» — Et moi, je vous hais ! lui répondis-je ; je vous hais d'une haine implacable, car vous m'avez tout volé, et je ne suis plus qu'un spectre.

» — La vie peut être encore bonne pour

nous, me dit-il en se faisant humble ; je vous
appartiens corps et âme ; mon existence et ma
fortune entières sont à vous. Je renoncerai à
tout, et nous irons vivre quelque part, en Ita-
lie, là où sont heureux ceux qui s'aiment !...

» — Vous ? m'écriai-je. Après le châtiment
terrible que la Providence a suscité contre
moi, j'unirais ma vie à la vôtre ? Jamais ! vous
n'êtes pas même un étranger pour moi : vous
êtes le mauvais ange, et je vous hais !

» — Moi aussi, je suis puni, dit-il en passant
la main sur son front. Veux-tu que nous mou-
rions ensemble ? reprit-il en s'approchant de
moi. Dis un mot, et cette mer impitoyable va
recouvrir nos deux corps.

» — Non ! lui répondis-je ; la vie sera notre
châtiment. Vous vivrez pour savoir que vous
m'avez ruinée, perdue, tuée au monde des
vivants ; mon image vous hantera jusqu'à la
dernière heure, et si Dieu est aussi juste pour
vous qu'il l'est pour moi, vous vivrez longtemps, toujours malheureux, toujours maudit
par moi !

» La tempête dura trois jours et demi. Vous qui me lisez, dont l'âme est pure, vous ne pourrez jamais comprendre ce que ces trois jours et demi ont renfermé de tortures. Vous ne pouvez vous imaginer ce qu'était cette odieuse nécessité de vivre avec un homme qu'on déteste et qu'on méprise, dans un espace si resserré qu'on y a à peine assez d'air pour respirer.

» La nuit, cette effrayante chaleur de la lampe monstrueuse; le jour, le souffle glacial de la tempête, l'odeur étouffante de l'essence qui servait de combustible, et surtout cette société abhorrée que nous ne pouvions nous empêcher de rechercher, quelle misère et quelle torture! Nous avions peur de la solitude; mieux encore valait nous retrouver, pour échanger des paroles amères, que de rester isolés en face de cette mer acharnée à nous nuire. Si je ne devins pas folle, c'est que mon châtiment était ailleurs. Mais lorsque au bout du troisième jour la tempête s'apaisa, mes yeux s'étaient creusés, j'avais des cheveux blancs, et la teinte bistrée de la jaunisse avait dénaturé mon visage.

» Lorsque la mer eut repris assez de calme pour permettre de lancer le canot, M. B... frappa à la porte de ma cellule.

» — On pourra partir dans une heure, me dit-il ; que comptez-vous faire ?

» — Envoyez votre matelot savoir ce qui se dit dans le pays, lui répondis-je. C'est là-dessus que je baserai ma conduite.

» Il s'inclina sans répondre. Une heure après, le matelot quittait le phare. Il revint promptement. On me croyait morte. L'opinion générale était que la tempête m'avait surprise dans les rochers, mais mon mari se refusait à croire que j'eusse péri sans laisser aucun vestige.

» — C'est bien, dis-je à M. B..., je suis morte en effet, et mon mari le saura bientôt. Partons.

» — Où allez-vous ? me demanda-t-il.

» — A Paris.

» J'avais sur moi quelques pièces d'or,

quelques bijoux ; je refusai obstinément toute
aide de la part de cet homme odieux. La nuit
était tombée lorsque nous abordâmes. Personne ne s'inquiétait de nous ; la barque du
phare allait et venait sans que personne s'en
mêlât. J'avais revêtu la grosse cape. Au moment de toucher terre, je trempai dans l'Océan
mon manteau et mon châle, dont j'avais fait
un paquet, et je les déposai sur la grève, un
peu au delà de la limite de la haute mer.

» — Que faites-vous ? me demanda M. B...

» — J'assure mon mari de ma mort, lui répondis-je.

» Je me tournai vers cette maison qui avait
été la mienne, et où j'avais apporté un deuil
prématuré.

» — Mieux vaut le deuil que le déshonneur;
pensai-je.

» Je portai ensuite mes regards vers le
phare qui m'avait été si fatal, et sa clarté
éblouissante entra comme un glaive dans mes
yeux arides. Je détournai la tête avec horreur

» — Je veux passer auprès de ma maison;

dis-je à M. B..., je veux la voir une fois
encore.

» Il voulut me dissuader, mais j'étais bien
décidée.

» — Attendez-moi là, lui dis-je, ce ne
sera pas long.

» Je me mis à gravir la falaise en courant.
Je n'avais nulle crainte d'être reconnue, sous
ces habits et à cette heure. J'atteignis la maison, et, le cœur palpitant, je m'approchai de
la fente des volets. Que de fois les petits men-
diants étaient venus nous regarder ainsi le
soir! et c'était moi, la maîtresse de ce logis,
qui venais, comme une mendiante, guetter le
repas de famille!

» Mon mari était assis à la table de la salle
à manger, changé, vieilli au point d'être mé-
connaissable, mais moins changé que moi
cependant. Ma fille, vêtue de noir, dormait
sur la table : elle avait appuyé sa tête blonde
sur ses deux bras repliés, en attendant que sa
nourrice, qui desservait le souper, pût aller la
coucher. Mon cœur se fendit, j'appuyai mes

lèvres sur le mur, et je pleurai comme une orpheline.

» Le chien, qui m'avait reconnue sans doute, s'agitait au bout de sa chaîne et poussait des gémissements de joie. Je voulus m'écarter, mais je n'en eus pas la force.

» — Il y a quelqu'un là, dit la voix de mon mari près de la fenêtre, et aussitôt il ouvrit le volet.

» J'eus si peur que je n'osais bouger. — S'il me reconnaît, pensais-je, il va me tuer!

» — C'est une pauvresse, dit-il; il faut faire l'aumône à ceux qui n'ont pas de pain, continua-t-il, comme se parlant à lui-même. Heureuses les misères qu'on peut soulager! Tenez, ma bonne, ajouta-t-il en me présentant par la fenêtre le reste du pain de famille.

» J'avançai la main, j'effleurai ses doigts glacés, et je pris le pain de l'aumône. La fenêtre se referma, et je tombai à genoux, le cœur saisi d'une souffrance pire que la mort.

» Serrant ce pain contre moi, je repris le

chemin de la grève. M. B... m'attendait, fort inquiet.

» — Qu'avez-vous là? me dit-il en me prenant le bras pour me soutenir.

» — Le dernier pain à moi que je doive manger en ce monde, lui répondis-je; mon mari m'a fait la charité, ma fille porte mon deuil... Allons, je ne dois pas être un fardeau pour vous non plus. Hâtons-nous.

» Nous prîmes des chemins détournés, et, quand le jour vint, nous roulions en chemin de fer vers Paris.

» Il voulait s'occuper de moi, me chercher un logement, assurer mon existence... Dans la cour de la gare, je profitai d'un moment de presse pour le perdre, et je ne le revis plus.

» J'ai péché, mais vous qui me lisez, chère et chaste Cécile, trouvez-vous que je sois assez punie? Eh bien! ce châtiment n'était rien auprès de ce qui m'attendait. »

Marcel déposa le cahier sur la table et réfléchit longuement. Cécile le regardait, les yeux pleins de larmes.

— Pauvre femme! dit enfin le jeune homme, elle a bien souffert.

Par-dessus la table, Cécile tendit la main à son mari, qui la garda dans la sienne.

— Quelle étrange histoire! reprit la jeune femme; si c'est un hasard...

Elle n'osa achever sa pensée.

— Il faut savoir la fin, dit Marcel en reprenant le cahier. Voyons où tout cela va nous mener.

« Il fallait vivre, continuait le manuscrit, et je ne savais rien de ce qui fait vivre. Je ne vous dirai pas quels travaux j'entrepris, ni de quel pain je me nourris pendant de longues, bien longues années. Dans une mansarde de Paris, si étroite que je croyais revoir la cellule du phare, je passai des hivers sans feu toujours, parfois sans pain; mais cela n'était que juste et raisonnable. Pourquoi avais-je failli? Eût-il été équitable que ma chute me procurât le bien-être? Non, cela était fort bien, et je le trouvais bon.

» Pendant plusieurs mois je n'osai sortir

qu'à la nuit, tant je craignais de rencontrer
M. B... Pour les autres personnes qui m'avaient
connue, j'étais sans inquiétude : qui eût pu
reconnaître dans la femme flétrie, blanchie, à
la démarche incertaine, la jeune propriétaire de
la maison blanche? J'avais eu la jaunisse en
arrivant à Paris; j'avais passé des semaines sur
un lit fiévreux dans l'étroite mansarde dont
j'ai parlé, et pendant ce temps je m'étais fait
un plan d'existence. Un morceau de journal
qui avait enveloppé quelques provisions m'apporta un jour le récit de ma fin tragique :

« La malheureuse victime laisse une petite
» fille de quatre ans à peine; l'époux est incon-
» solable. »

» Ces lignes banales me causèrent une joie
pleine d'amertume. J'étais encore aimée, j'étais
pleurée! Mon mari pensait à nos jours de féli-
cité avec regret et avec douceur à la fois. Sans
doute ce passé, qui me rongeait le cœur comme
un cancer, était pour lui une source de souvenirs heureux! Que je l'enviais de me pleurer
ainsi, sans arrière-pensée! Que n'eussé-je pas

donné pour être morte en réalité, et digne de
ses larmes! Mon enfant fût venue avec son
père s'agenouiller tous les jours sur ma tombe,
toujours couverte de mes fleurs préférées...

» Comme je les aimais, ces deux êtres pour
lesquels j'avais été si indifférente! Comme leur
souvenir m'était devenu cher! Je vivais avec
eux par la pensée. Le matin, quand le froid
soleil d'hiver dorait d'un or pâle les toits qu'on
voyait au-dessous de ma fenêtre, grelottante,
parfois affamée, je me représentais la chambre
tiède, située au levant, où ma fille ouvrait les
yeux à cette heure, et je me perdais en une
longue prière pour le bonheur de cette enfant
jadis dédaignée... Je croyais voir son père se
pencher sur son petit lit, lui prodiguer les
soins dont j'avais été avare. Que n'aurais-je
pas donné pour pouvoir les servir, remplir
auprès d'eux les plus bas emplois de la domes-
ticité; — pour respirer le même air, et obtenir
d'eux, en passant, une bonne parole! Rêve
insensé! — J'étais morte pour eux.

» J'appris à travailler : j'appris à gagner de

mes mains, devenues calleuses, le dur pain du labeur mal payé. J'appris à supporter les rebuffades, à tolérer les moqueries, à dévorer les affronts, car il fallait bien gagner ma vie, — ma triste vie! Je devins habile ensuite, et le premier emploi du peu d'argent que je vis dans mes mains fut un abonnement au journal de notre sous-préfecture.

» Là, de temps en temps, j'apprenais ce que faisait mon mari; son nom se trouvait sur toutes les souscriptions charitables. Partout où quelque travail nécessitait une dépense gratuite de temps et d'intelligence, j'étais sûre de le voir mentionné... C'était là l'homme que j'avais trouvé banal et inintelligent! Je vis un jour qu'il avait dirigé un sauvetage sur nos rochers, et que la croix de la Légion d'honneur avait été sa récompense... Je n'avais plus le droit de m'en enorgueillir, mais je remerciai Dieu de l'avoir fait ce qu'il était.

» Ce journal fut pendant longtemps toute ma joie, puis un jour, en le parcourant, je restai frappée au cœur par ces mots : « M. X...,

» qui avait eu le malheur de perdre sa jeune
» femme il y a cinq ans, par un affreux acci-
» dent, n'avait jamais pu se consoler de sa
» perte. Après avoir langui quelques mois, il
» vient de s'éteindre, laissant orpheline une
» fille qui, dit-on, va être placée, par les soins
» de sa famille, dans un de nos meilleurs pen-
» sionnats. Tous ceux qui ont connu cet
» homme de bien s'associeront à nos regrets. »

» J'étais veuve, et c'est moi qui avais tué
mon mari. Mon abandon l'avait tué aussi certainement que l'eût fait la connaissance de ma
faute. Il me sembla alors n'avoir jamais souffert quand je comparai les angoisses du passé
avec ma torture présente. Je crus un instant
que je succomberais à l'excès de ma souffrance,
mais je n'eus pas ce bonheur.

» Ma fille me restait encore, et je croyais
bien que je la verrais mourir aussi. Son enfance délicate l'avait prédisposée à tous les
maux. Je sentis qu'il me fallait la voir à tout
prix. Je ne craignais guère d'être reconnue
dans le pays; — la tombe, en se refermant

sur mon mari, m'avait scellée plus profondément que jamais dans l'oubli.

» Je réalisai tout ce que je possédais, et je
quittai Paris. J'arrivai un matin de bonne heure
à la sous-préfecture, et je partis à pied pour
notre maison blanche. La route était longue;
pour moi, ce fut un véritable chemin de croix.
A chaque détour je revoyais un arbre, une
pierre, témoin des jours heureux; par cette
route j'avais fait mon premier voyage, alors
que mon mari m'avait amenée, nouvelle épou-
sée, vêtue d'habits de fête, avec un joyeux
avenir devant moi... Qu'avais-je fait de mon
voile nuptial ?

» J'arrivai, cependant, les pieds meurtris,
et le cœur saignant. Quand je fus sur la place,
devant l'église, je restai indécise, ne sachant
de quel côté tourner mes pas. Sous quel prétexte me rendre à la maison blanche ? Ne se-
rais-je pas arrêtée, interrogée, comme une
rôdeuse vulgaire ?

» Pendant que j'hésitais, je vis venir à moi

une femme proprement vêtue, et une petite fille en grand deuil. C'était ma fille !

» Je ne sais comment je fis pour rester debout, ni comment j'eus le courage de les suivre. Elles passèrent devant moi, franchirent la pierre d'ardoise qui ferme l'entrée de nos cimetières et se dirigèrent vers un monument entouré d'une grille de fer toute neuve. La pierre était blanche, les fleurs venaient d'être plantées. Je me glissai derrière ma fille, m'appuyant aux tombes pour me soutenir.

» La nourrice, car je la reconnus à l'instant, elle n'était pas changée, elle ! sa vie pure et régulière lui avait conservé sa fraîcheur, — la nourrice guida l'enfant vers la grande pierre blanche et l'aida à disposer tout autour les fleurs dont elles étaient chargées.

» Ma fille s'agenouilla, fit une prière muette que ses larmes terminèrent et baisa pieusement le nom de son père, gravé en lettres d'or sur le monument; puis passant sur l'autre face, elle se mit à genoux et recommença son

13.

offrande... Je la suivis là aussi, et je lus sur la pierre :

A la mémoire de ma chère et honorée femme
Madeleine X...,
morte le... octobre 18...
Bienheureux ceux qui pleurent,
car ils seront consolés!

» — Adieu, papa ! adieu, maman ! murmura ma fille en posant aussi sur mon nom ses lèvres tremblantes; et elle s'éloigna, caressée et consolée par sa nourrice.

» Moi, prosternée dans l'herbe, je n'avais plus ni voix ni larmes, et je demandais à Dieu de mourir. »

— Marcel ! s'écria Cécile qui se leva toute droite, Marcel, c'était ma mère!

Le jeune homme la prit dans ses bras, essayant de la calmer; mais l'agitation de Cécile ne dura qu'un moment. Elle se rassit.

— Je me rappelle parfaitement cette scène, dit-elle, c'était la veille de mon départ pour le pensionnat... Continue, vite, vite. Chère et malheureuse mère, quand est-elle morte ? Combien de temps a-t-elle souffert ? Lis vite, je t'en prie !

Marcel reprit sa lecture, et Cécile, tremblante, se blottit à son côté pour lire avec lui et tromper son angoisse. Elle pensa à lui prendre le manuscrit des mains, pour courir à la dernière page,... puis une terreur indicible la saisit : elle n'osa anticiper sur le dénoûment, qu'elle sentait proche et fatal, de cette confession douloureuse.

« La nuit venait, je cherchai un asile et je me dirigeai vers l'auberge ; là, en causant avec l'hôtesse, j'appris que ma fille partait le lendemain pour C... Mon mari avait laissé dans ce pays le souvenir ineffaçable de son intelligente bonté ; pour moi, j'étais oubliée..., c'était ma faute, je n'avais pas su me faire aimer.

» Mon existence avait désormais un but : vivre auprès de ma fille et la voir le plus souvent possible. Je pensai à me rapprocher d'elle, à m'offrir comme servante dans la maison

qu'elle habiterait, à m'en faire chérir, à obtenir de temps en temps une caresse de sa main
compatissante... Je renonçai à ce rêve. C'eût
été une douceur que je n'avais pas méritée ;
ma punition était de passer inconnue auprès
de mon enfant et de laisser ceux qui en étaient
dignes recevoir ses tendresses.

» Je vécus à C... comme j'avais vécu à Paris,
pauvre, inconnue ; la malignité de la province
ne trouva rien à dire sur mon compte. Je ne
parlais à personne, je ne voyais personne que
pour mes travaux ; le dimanche seulement
j'allais à l'église, et je voyais passer ma fille au
milieu de ses compagnes. Pendant les neuf
années qui suivirent, je l'étudiai ainsi, et j'arrivai ainsi à reconnaître, par l'expression de
sa physionomie, ce qui se passait en elle, si la
semaine avait été bonne ou mauvaise, si elle
avait été grondée ou punie... Je vécus concen-
trée en elle, toujours mordue au cœur par
l'âpre désir de l'attirer à moi, et toujours châtiée par l'impossibilité de me nommer sans lui
révéler ma faute.

» D'autres savent trouver des prétextes, inventer une histoire, tromper un mari... Je n'avais jamais su mentir, et si bas que je fusse tombée par ma faute, au moins puis-je lever les yeux vers le ciel et implorer mon pardon, car je n'ai point connu l'hypocrisie.

» Ces longues années de pénitence eurent des jours heureux. Je vis ma fille se développer, croître en beauté et en sagesse ; je la vis faire sa première communion, on la citait pour sa modestie et sa bonté ; — elle passa ses examens d'institutrice, et je la suivis à la faculté, dans la ville éloignée où elle se rendit pour cette circonstance. Depuis deux ans j'économisais dans l'attente de ce jour, je montai dans le train qui l'emportait. J'étais dans la salle au moment où elle étonna toute l'assemblée par l'à-propos de ses réponses, et quand son succès fut assuré, n'osant affronter son regard innocent, je m'enfuis dans une église pour y cacher mes larmes, pour y exhaler ma joie en prières. Depuis bien longtemps l'église était mon lieu de refuge ! »

— Pauvre, pauvre mère! sanglota Cécile en cachant son doux visage sur l'épaule de son mari.

« Quelque temps après, j'appris que ma fille allait se marier. Je brûlais de voir l'homme qui allait lui donner son nom. Serait-il digne d'elle? L'aimerais-je, cet inconnu! Serait-il pour elle un mari plus sévère, moins follement bon que le mien? Malgré tous mes efforts, je ne pus l'apercevoir qu'à la sortie de l'église.

» La voix publique chantait ses louanges, l'impression qu'il me fit répondait à tant d'éloges. Il était beau et bon, noble et ferme; je pensai qu'elle serait heureuse, et je le bénis dans mon cœur.

» Le jeune couple resta un instant sur le parvis, avant de monter en voiture. Ma fille distribuait ses aumônes... Au milieu des mains tendues vers elle, je tendis la mienne, — me souvenant du pain donné jadis par son père. Une pièce de monnaie tomba entre mes doigts, et toute la nuit je l'arrosai de mes larmes.

» Les jours ont passé depuis, apportant le bonheur de la vie domestique à mon enfant adorée. Je n'ai osé la suivre, — la maison blanche était pour moi trop dangereuse ; ce voisinage m'eût fait perdre le courage de me taire. Mais avec ma fille, mon soleil était parti. J'ai vécu deux ans et demi encore, m'affaiblissant de plus en plus...

» Cécile, mon enfant pure et sans tache, toi qui gardes à ton foyer l'honneur du mari, le respect du devoir, as-tu deviné ta malheureuse mère ? La trouves-tu assez punie ? Crois-tu qu'à sa dernière heure tu puisses lui faire l'aumône de ton pardon ? Crois-tu que par dix-neuf années de deuil et de repentir j'aie mérité de sentir tes lèvres me donner le baiser de paix ? J'ai failli, — mais j'ai tout expié ! Seras-tu moins clémente que Dieu lui-même ? Et vous, vous qui l'aimez, que je n'ose appeler mon fils, serez-vous impitoyable ? défendrez-vous à la fille irréprochable de dire adieu à sa mère criminelle ? Cécile, viens, je t'attends, mais je n'ai plus bien longtemps à attendre, mes heures sont comptées... ta charité m'a déjà donné bien des joies... la vieille Madelon que tu secours avec tant de douceur est ta mère, qui se meurt et te tend les bras. »

Cécile s'était levée et mettait déjà son châle. Marcel, sans proférer une parole, alluma la lanterne des courses de nuit et prit son pardessus.

— Allons ! dit-il en ouvrant la porte.

Le vent s'engouffra dans la maison, mais les époux n'y prirent garde. Vevette était couchée depuis longtemps ; nul ne soupçonnait leur entreprise. Ils marchaient vite, sans se parler ; au bout d'une demi-heure, ils arrivèrent devant une humble maisonnette dont la fenêtre jetait une vague lueur sur la route. Marcel leva le loquet, la porte s'ouvrit, Cécile entra et tomba à genoux près du lit.

La chambre était propre, quoique bien pauvre. Quelques fleurs d'automne dans un vase, une serviette blanche sur la petite table, près du chevet, donnaient cet aspect riant, seul luxe de la pauvreté. Une veilleuse de porcelaine, apportée jadis par Cécile, éclairait faiblement le lit.

Le visage jauni qui reposait sur l'oreiller se tourna vers la porte, et, au moment où Cécile s'agenouillait, Madeleine se leva sur son séant, jeta ses bras autour du cou de sa fille et retomba évanouie.

Elle revint bientôt à elle, grâce aux soins de Marcel.

— Ma fille! ma fille! s'écria-t-elle. Enfin, je puis te nommer ma fille! Tu m'as pardonné?

— Oh! mère! fit Cécile oppressée. Je vous aime.

— Tu m'as pardonné, dis? Et vous? ajouta-t-elle en se tournant vers Marcel.

Celui-ci fit un signe de paix sur la tête de la pauvre mère.

— Nous allons vous emmener, mère, murmura Cécile; vous ne nous quitterez plus, nous serons si heureux tous les trois! Vous oublierez vos peines...

Madeleine fit un geste de dénégation. Ses yeux noirs s'assombrirent.

— Non, dit-elle, les minutes qui me restent à vivre s'écoulent ; je ne t'aurais pas fait venir si j'avais dû vivre. J'avais bien peur que mon messager n'arrivât trop tard! Je suis heureuse, ajouta-t-elle d'une voix faible, parfaitement heureuse. Donne-moi ta main.

Elle glissa ses doigts décharnés dans la main tiède et souple de sa fille, ferma les yeux et parut s'endormir.

La tempête s'était calmée au dehors, le ciel devint plus clair à l'orient, et dans le village les coqs chantèrent. La mourante ouvrit les yeux.

— Il fait beau, n'est-ce pas? dit-elle. Donnez-moi de l'air...

Marcel ouvrit la porte. La rosée avait couvert les gazons ras et brunis d'un lacis de perles, le ciel se dorait, la fraîcheur du matin apportait la joie... Le soleil qui se levait, entrant glorieusement dans la cabane, illumina la douce figure de Cécile.

— Voilà mon rêve réalisé, dit la mère dont la respiration devenait haletante ; mourir par un beau soleil, avec ma fille près de moi... Embrasse-moi !

Cécile serra longuement sa mère dans ses bras.

Celle-ci ne paraissait pas souffrir, mais elle respirait de plus en plus lentement. Une inquiétude se peignit tout à coup sur son visage.

— Ma fille, dit-elle en entrecoupant ses mots de longs silences, j'ai ton pardon... mais ton père ?... aurait-il pardonné ?

Les yeux de la mère s'emplissaient d'ombre, et ses mains serraient convulsivement le drap.

— Soyez en paix, dit Cécile en étendant la main : au nom de mon père, je vous pardonne !

La pauvre pécheresse respira longuement : un calme suprême s'étendit sur ses traits, et elle cessa de souffrir.

Les obsèques eurent lieu le lendemain, à la tombée de la nuit, sans pompe, comme il convient à une humble femme de village.

Comme Cécile et Marcel sortaient du cimetière, le phare qu'on venait d'allumer jeta sa traînée de lumière sur l'Océan uni comme une glace.

— Ce phare ! dit-elle en détournant la tête, c'est à présent que je ne puis plus le voir.

— Nous quitterons ce pays, dit Marcel en lui pressant la main. Nous sommes sûrs de nous aimer partout.

FIN

TABLE DES MATIÈRES

PARIS. TYPOGRAPHIE DE E. PLON ET Cie, RUE GARANCIÈRE, 8.

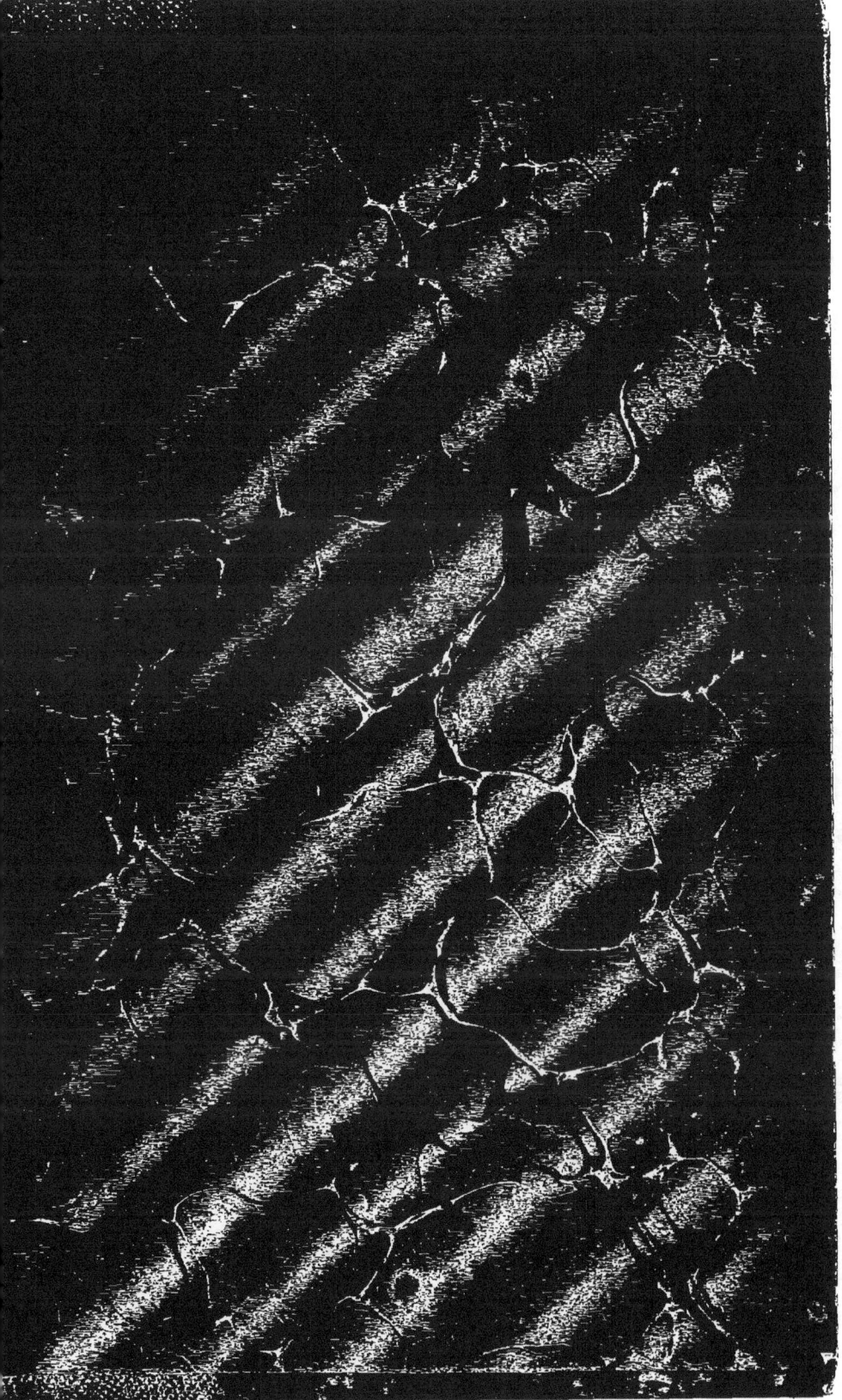

www.ingramcontent.com/pod-product-compliance
Lightning Source LLC
Chambersburg PA
CBHW070508030726
47503CB00004B/1206